Illustration©Ayumi Kasai

「ほら、じっくり見てみろ」

「あ、やあ……」

鏡に映った自分と目が合う。

とろんと目を半開きにし、頰をバラ色に染め、

身も心も全てをフィンに委ねている顔だ。

ティアラ文庫

罪恋

花嫁は兄に奪われて

小鳥遊ひよ

presented by Hiyo Takanashi

プランタン出版

イラスト／笠井あゆみ

目次

※本作品の内容はすべてフィクションです。

プロローグ　花冠の約束を

それはもうセピアに色褪《いろあ》せた記憶。

少年は部屋にこもって自分のために泣き続けている少女を、庭へ連れ出した。

少年の華奢《きゃしゃ》な手の中にすっぽりと包まれてしまう、少女の小さな手。二人は間を通り過ぎて行く風に引き離されてしまわないように、お互いの手をしっかりと握《にぎ》り合った。

少女は時折、立ち止まって少年の顔を見る。少年はその瞳を見つめ返し、ゆらりと儚《はかな》く微笑《ほほえ》んでみせる。泣きたい気持ちを押し殺し、少女もそれに応えるように微笑むと、また前を向いて歩き出す。

早く歩いてしまうと、少年と一緒にいる時間も早く通り過ぎて行ってしまうような気がして、少女はわざとゆっくり歩いた。少年もそんな気持ちをわかってか、見慣れているはずの庭の花々にいちいち足を止め、誰もが知っているありふれた小鳥の名前を少女に教えたりした。

そんなことを何回も繰り返し、辿《たど》り着いたのは、世界の果てでも自由への扉でもなく、人々の記憶から切り離され、時の流れから取り残された場所だった。

少年は不器用な手つきで作った不格好な花冠《はなかんむり》を少女の頭にのせると、いくつかの約束を交わし、その都度《つど》小指を絡ませ合った。

そしてどちらからともなく目を閉じると、花びらが風で揺《ゆ》れるよりも微《かす》かな、触れるだけの口づけを交わした。

愛どころか、恋とも呼べないような淡《あわ》い想い。

——ずっと一緒にいよう。

少年は少女に、決して守ることの出来ない約束をした。

明日、夜明けを待たずしてさよならを告げなければならないことを知っていながら。

第一章　伯爵家の婚約者

古いレンガが積み重なった壁の隙間《すきま》に手を入れ、中を探る。指先に触れる冷たい感触《かんしょく》。取り出した小瓶には、昨日と何も変わらず、バラの花びらが一枚入っている。

ガラス越しに見える花びらは、まるで柔らかな綿毛《わたげ》のように淡《あわ》い光を放っている。

その色は、白。

何度も見ても白だった。

「はあ……」

ため息とは裏腹《うらはら》に、アイリスはさして落胆《らくたん》の表情も見せず、花びらを取り出して手の平にのせた。するとそれはあっという間に初夏の風にさらわれて、空へと帰っていった。

その姿が空の青と同化して消えるのを目を細めて見送った後、アイリスはまた新しく白い花びらを拾って瓶の中に入れた。

「アイリス。アイリス！」

自分を呼ぶ声に、慌てて小瓶《こびん》をレンガの隙間に隠す。

そして辺りを気にしながら、お気に入りの水色ドレスの裾《すそ》がレンガに引っかからないよう軽く持ち上げると、生《お》い茂《しげ》る蔦《つた》の間を滑《すべ》るように花園から出た。

「アイリス、どこにいるんだい？」

ここから少し離れた場所にある城の、建物の向こうから、再びアイリスを呼ぶ声が聞こえた。

初夏の光を編《あ》んだレースのように柔らかく爽《さわ》やかな優しい声。その主が誰なのか、確認しなくともアイリスにはわかっていた。

「スチュアート、ここよ」

草の間にひっそりと生える小さな花を踏《ふ》まないよう、声が聞こえる方に早足で歩き、壁の向こうを覗《のぞ》き込む。

「あら……？」

てっきりそこにいると思ったスチュアートの姿を見つけることが出来なくて、その場でゆっくりと左右を見回した。アイリスが首を動かす度に、金色の髪が光を滑らせながら流れた。

「おかしいわね……」

小鳥のように愛らしい仕草で首を傾げた時、突然後ろから強く抱きしめられた。

「きゃっ……！」

「ぼんやりしていると、風にさらわれてしまうよ」

耳元をくすぐる声は、先ほどアイリスの名前を呼んでいたのと同じものだ。

小さな笑い声を漏《も》らしながら振り返ると、アイリスは愛しい人の胸に軽く抱きついた。

南から吹く風になびく細い針のような黒髪は、空から少し色をもらったかのように僅《わず》かに青く見える。意志が強そうで、それでいて優しい光を宿した鳶色《とびいろ》の瞳が、愛しそうにアイリスを見つめていた。

背は一般的な男性よりも少し高く、逆に体はやや華奢《きゃしゃ》であるものの、ひ弱な印象はなく、線の細い美青年といった風貌《ふうぼう》だ。静かで穏やかでありながら、はっと目を引く優雅で麗《うるわ》しい佇《たたず》まいに、憧れや、それ以上の想いを抱いているメイドや貴族の令嬢も少なくない。

だけど残念ながら彼の目には、いつだってアイリスしか映っていなかった。

「風にさらわれる程私は軽くないわよ？」

悪戯《いたずら》っぽく大きな瞳で見上げるアイリスの腰を引き寄せて、スチュアートが微笑《ほほえ》む。

「そうかな、僕にはバラの花びらよりも軽く感じられるけど？」

「あっ」

言葉の通り、スチュアートは花びらを摘まむように簡単にアイリスを抱きかかえると、くるりと一回転した。そしてふわりと地面に下ろすと壁に追い詰めるように抱きしめて、素早くその赤い唇を奪った。

「ん……」

アイリスの口から甘い吐息が漏れる。

スチュアートの唇は慣れ知った動きでアイリスの唇の形に沿って動き、舌の先で少し隙間を舐《な》めながら、少し躊躇《ためら》うような様子を見せた後、口中に忍び込んできた。

「あ……は……」

「ん……アイリス……」

舌の先をちゅっと吸い上げ、それから頬《ほお》の内側をねっとりと舐め回し、時折軽く唇を食《は》む。

髪を撫《な》でていた手が胸の膨らみの上に下りてきた時、アイリスは身を捩《よじ》るとその腕をすり抜けた。

「ダメよ、スチュアート」

「どうして？　僕たちはあと半年もすれば夫婦になるのに？」

「半年すれば、私の身も心もあなたのものよ。だからこそ、今は綺麗《きれい》な体でいたいの」

そう清らかな顔で微笑まれてしまってはこれ以上何もすることが出来なくて、スチュアートは苦笑すると愛しい恋人を再び軽く抱きしめた。

スチュアートは何においてもアイリスに無理《むり》強《じ》いをすることはない。一瞬だけ淋《さび》しそうな顔を見せた後すぐに笑顔になり、アイリスの要望を叶《かな》えてくれる。

アイリスはそれをわかっていながら、少しの罪悪感《ざいあくかん》と共にその胸に顔を埋めた。

◆ ◆ ◆

――リットン伯爵《はくしやく》城。

見渡す限りの緑に囲まれ、淡く光るように見える白亜《はくあ》の城を、人々は『真珠の城』と呼んでいた。決して大きくはないが、真っ白な壁と扉や窓枠に美しい彫刻が施《ほどこ》された上品な城は、この辺り一帯の領地を治めるエドワード・スタンリー・リットン伯爵のものだ。

丁寧《ていねい》に整えられた庭には四季折々の花が咲き乱れ、夏の気配が見え始めた今の季節には、大輪の白と赤のバラが芳《かぐわ》しい香りを辺りに放っていた。

領地では葡萄《ぶどう》の栽培《さいばい》が盛んで、この土地で生まれたワインは香り高く、まるでルビーを溶かしたように高貴な味がして、遠い異国からわざわざ買い求めに来る人が後を絶たない程おいしかった。

領民たちは、みな豊かな生活を送っていたが、それはこの土地がもたらしてくれる恵みはもちろんのこと、リットン伯の人柄が大きく影響していた。

リットン伯は貴族でありながら、過度な贅沢《ぜいたく》を好まず、領民の生活を第一に考え、誰からも好かれる人格者だった。

伯爵には目に入れても痛くないほど可愛がっている娘がいた。

娘の名はアイリス・スタンリー。真珠よりも美しいと評判の、今年の冬に十六歳の誕生日を迎える姫君だ。

たまご形の小さな顔に、大きく輝く空色の瞳。つんっと形よく尖った鼻の下には、紅《べに》を点《さ》さなくとも赤い、口角のきゅっと上がった唇がある。その肌は透き通るほどに白く、頬はほんのりとバラ色に染まっている。まるで生きている人形のように美しいアイリスだったが、彼女の美貌《びぼう》をより一層際立たせているのは、その見事なブロンドの髪だった。

太陽よりも眩《まぶ》しく、蜂蜜《はちみつ》より艶《つや》やかな金髪は、腰の辺りまで伸び柔らかなウェーブを描いている。その色は若い頃のリットン伯のそれとそっくりで、伯爵と、その妻でありアイリスの母でもある、シルヴィアの自慢だった。

母とは言っても、シルヴィアはアイリスの本当の母親ではない。

アイリスを生んだ実の母親は、異国から嫁《とつ》いできた貴族の娘だったのだが、体が弱かったためになかなか子どもが出来なかった。そして遅くに授かったアイリスを命と引き換えにして産むと、自分は天国へと旅立ってしまった。

それゆえ、アイリスは実の母の顔を肖像画でしか見たことがない。父親似のアイリスは肖像画の中に描かれた女性にはあまり似ておらず、何度見ても彼女が母親だという実感があまり湧いてこなかった。

それは決してアイリスが薄情だからではなく、彼女が実の母親を恋しがる必要がないほど、幸せに包まれているからだと言えよう。

アイリスが五歳の時に嫁いで来た新しい母、シルヴィアは、伯爵よりも身分の高い公爵《こうしゃく》家の生まれで、普通であれば伯爵家に嫁ぐことなどあり得なかった。

だが、リットン伯と同じくシルヴィアも早くに夫を亡《な》くし、その夫が嫡子《ちゃくし》でなかったこともあり、息子を連れて実家に戻っていた。まだ若く美しかったシルヴィアは、周りの勧《すす》めもあって再婚を決意。そこで似た境遇《きょうぐう》の伯爵に白羽の矢が立った。

まだ亡き妻の思い出を引きずっていた伯爵だったが、婚姻《こんいん》により公爵家と強い繋《つな》がりが出来ること、シルヴィアが思いの外《ほか》美しく聡明だったことに加え、彼女がいたくアイリスを気に入り、アイリスも彼女に懐《なつ》いたことにより結婚を承諾《しょうだく》した。

そのことにより、アイリスには義理の兄が出来た。それが、シルヴィアの連れ子であるスチュアートだ。

ただ、兄とは言っても、伯爵夫妻の間には最初から密約のようなものが交わされていたようだ。年頃になったら、二人を結婚させて家を継がせるというものだ。

その証拠に、三年前、スチュアートがアイリスにプロポーズをした時には、夫妻は驚くどころかそれを当然のことのように受け止めていた。

この国では血縁のない連れ子同士の結婚は許されており、何の障害もない。

一番驚いたのはアイリスだ。それまで、兄として接してきた人物が、ある日突然婚約者になったのだ。戸惑《とまど》ったものの、夫妻は手放しで喜んでいるし、アイリスもスチュアートに好意は抱いていたため、強く拒《こば》むこともなく婚約に同意した。

女性の幸せは、自分を大切にしてくれる男性の許に嫁ぎ、一生を捧げることだと、幼い頃からシルヴィアに教えられてきたアイリスは、スチュアートと結婚することが自分にとって一番の幸せなんだと素直に思った。

つまり、スチュアートはアイリスにとって、義兄であり、幼馴染《おさななじみ》であり、恋人であり、そして婚約者なのだ。

◆
◆
◆

「今年もバラが綺麗に咲いたね」

アイリスを抱きしめたまま、スチュアートが庭いっぱいに咲くバラの花を眩しそうに見る。

「ええ……そうね」

バラは確かに美しい。だけどアイリスには、このバラたちよりも、もっと好きな花があった。存在さえ忘れ去られた場所でひっそりと咲く小さな花が、アイリスは一番好きだった。

「ところで、どうして私を探していたの？」

「ああ、そうだった。ドレスのパタンナーが来る日だってことを、君が忘れているんじゃないかと、母上が心配していたよ」

「あ……」

「その顔は、忘れてたって顔だね」

スチュアートは屈託のない無邪気な笑顔を見せた。本人は気が付いていないかも知れないが、こんな時、彼は少年のように幼い印象になる。

アイリスはスチュアートが見せる表情の中でも、とりわけ笑顔が一番好きだった。

「そういえば、今日の約束をすっかり忘れていたわ」

確か今日は手袋の採寸《さいすん》の日で、これでウェディングドレスの縫製《ほうせい》に必要な採寸は全て終了となる。

いつもは贅沢を好まない伯爵だが、愛娘《まなむすめ》の結婚式となれば話は違う。

ドレスは最高級のシルクを取り寄せ、最高のデザイナーにデザインをさせたし、ヴェールは一年以上もかけて、三メートルにも渡るレースを職人に編ませている。ドレスの裾には金糸で細やかな刺繍《ししゅう》を施し、豪華で、それでいて上品な、アイリスの美しさを一層引き立てるものとなるだろう。

「早く伯爵にも見せてあげたいね」

「ええ、本当に……」

伯爵は一ヶ月ほど前から体調を崩し、その症状はあまり思わしくない。明日明後日《あさって》にどうにかなってしまうような状態ではないものの、一年後にはどうなっているかわからない状況だ。

本当は一日でも早く、スチュアートとアイリスを結婚させ、スチュアートに爵位《しゃくい》を譲《ゆず》りたいというのが伯爵の望みであろう。

「ほら、早く行こう。母上が待ちかねているよ」

「ええ、そうね」

当たり前のように自然と手を繋いで城の入り口へと向かう途中、真っ白な鳥が二人の横を通り過ぎて行った。

振り返った時にはもう、そこに白い鳥はいなかった。

あの日、アイリスの前から消えてしまった少年と同じように。

◆　◆　◆

「髪はもちろんアップにするけど、詰めすぎないようにしてちょうだい。アイリスの美しい金髪を活かす髪型にするのよ」

ドレッサーの鏡越しに、ご機嫌な様子のシルヴィアの顔が見える。

アイリスの部屋は、この城の中でも一際日当たりがいい場所にある。

白い壁をベースに、手作りの温もりのある白木の家具に、手触りのいい綿で出来た水色のシーツの掛かったベッド、そしてゴブラン織《お》りのソファーとローテーブルに、小さなドレッサーと、貴族の姫君が住まうには質素な部屋だ。

だけどその一つ一つ全てに、アイリスのための工夫が施されていた。

成長に合わせて高さの変えられるスツールや、開閉がしやすいように取っ手に柔らかい金を使用したクローゼットの扉等がいい例だ。

特筆すべきは天窓で、窓の内側に壁と同じ色の小さな扉があり、夏の暑い日はこれを閉じてしまえば完全に陽射《ひざ》しを遮《さえぎ》ってしまうことが出来る。逆に冬はここを開放しておけば、いつでも頭上からあたたかな光が零《こぼ》れて落ちてくるのだ。

一見、決して豪華には見えないこの部屋だが、ある意味とても贅沢な作りをしていた。

アイリスが今着ている普段着のドレスだってそうだ。

大きな花の飾りがあるわけでも、眩《まばゆ》く光る宝石がついているわけでもない、至ってシンプルなデザインのドレスは、薄い水色に染め上げられた上品な光沢のある綿シルクで出来ていたし、スカートの裾についたレースや、絹の靴下、コルセットのリボンに至るまで、肌触りのよさを重視した、職人による手作りの逸品《いっぴん》だ。

見た目の華やかさよりも、本当に上質なものを求める伯爵のセンスがよく表れている。

「ああ、その後《おく》れ毛《げ》は残した方がいいんじゃないかしら。ティアラにはパールをあしらいましょう。金髪にパールはとても映えるのよ」

手袋の採寸が終わった後は髪結《ゆ》い師と当日の髪型の相談をしているのだが、さっきからアイリスは一言も意見を述べず、全てシルヴィアの注文でことが運んでいる。

それでもアイリスは構わなかった。シルヴィアならきっと、アイリスが最高に綺麗に見える髪型を選んでくれるだろうと信じていたからだ。

「母上は本当にアイリスが好きなんですね。たまに、僕の方が血が繋がらないんじゃないかと疑うほどですよ」

ソファーに腰かけて午後のお茶を飲みながらスチュアートが言う。女性二人が楽しそうに婚礼衣装《こんれいいしょう》の話をしているのを見るのが嬉しそうな様子だ。

「私は娘が欲しかったのよ。それも、綺麗な金髪の娘が。だからアイリスのように美しい金髪を持ち、気立てもいい子が私の娘になってくれたことが本当に嬉しくてたまらないの」

シルヴィアは軽く腰を屈めると、ドレッサーの前に座るアイリスの顔の横に自分の顔を並べた。

ふわりと、慣れ親しんだシルヴィアの……母親の香りがして、アイリスは微笑んだ。

シルヴィアはスチュアートが今年十八歳になったことを考えると、決して若いといえる年齢ではない。だけど実年齢よりずっと下に見えるほど、若々しさと美貌を保っている。

面長で、やや神経質そうに見える釣り上がった大きな目と、鳶色の瞳。鼻筋はすうっと綺麗な形で通り、先はつんっと軽く上を向いている。ゆるく結い上げた髪は、美しいブルネットで、スチュアートの遺伝子はほぼシルヴィアから受け継いだのだということがよくわかる。

この国ではブルネットは知性の象徴と言われていて、決して卑下《ひげ》するようなものではなかったが、シルヴィアは金色の髪に強い憧れを抱いているようで、何かにつけてアイリスの髪の色を褒《ほ》め称えた。

確かにアイリスのように、全く混じりけのない金色の髪は珍しいものだったが、持っている本人ほどその価値というものはわからないものだ。

それに、アイリスは自分よりももっと美しい、プラチナのような金の髪を持つ人を知っていたので、自分の髪にそれほどの価値を見いだせなかった。

「奥様、少しよろしいでしょうか」

ノックと共に、扉の向こうからメイドが声を掛ける。

「お入りなさい」

シルヴィアは上機嫌のままアイリスの頬にキスをすると、扉を振り返った。

「伯爵が、奥様とスチュアート様をお呼びです」

「まあ！」

さっと、シルヴィアの顔が青ざめる。体調について、何か良からぬことを想像したようだ。

「朝はお元気でしたのに、何かあったのかしら」

「いえ、お元気なご様子です。何やら折り入ってお話があると仰っておりました」

「母上、でしたら早く参りましょう。アイリス、また後でね」

鏡越しに手を振り合い、シルヴィアの手を引きながらスチュアートが部屋を出て行くのを見送ると、アイリスは再び鏡の中の自分と向き合った。

スチュアートとシルヴィア。二人だけが伯爵に呼ばれることは珍しいことではない。きっと、爵位の継承《けいしょう》のこと等、自分には難しい話をするのだろうと、アイリスは思った。

「本当にお二人は仲がよろしいのですね」

髪型が決まったのか、髪結い師がアイリスの髪を下ろし、丁寧にブラッシングをする。

二人というのはもちろん、他ならぬスチュアートとアイリスのことだろう。

「ええ、そうね、仲良しだと思うわ」

「それはそれは麗しい美男美女でございますし、結婚式が本当に楽しみですわ」

「……そうね」

——あと半年で、私はスチュアートの花嫁になる。

それはもう、二人が出会った時から決まっていたことで、アイリスに異存はない。スチュアートは容姿だけではなく、中身も素晴らしい。優しくて男らしく、頼りがいのある理想の男性だ。

きっと、幸せになれるわ。

そう思っていても、なんとなく実感が湧《わ》かないのは、スチュアートとの関係があまりにも近すぎるからかもしれない。何しろ、三年前までは兄として慕《した》っていた存在だ。すぐに気持ちの切り替えが出来るものではない。

スチュアートに告げた、結婚するまで綺麗な体でいたいという気持ちは嘘《うそ》ではないが、キスより先に進むのが少し怖いという気持ちがアイリスの中に強くあるのが、一番の理由だった。

日頃から、スチュアートが自分を欲していることをちゃんとわかっていたし、たとえ結ばれてしまっても、伯爵もシルヴィアも二人を責めたりしないだろう。

それどころか、伯爵が病床《びょうしょう》に伏している今、それは歓迎されることなのかもしれない。

スチュアートのことは愛している。

だけど、その愛の形が男性に対してのそれなのか、アイリスは自分自身でもよくわかっていない。だからこそ、まだ決心がつかない。

窓の外を、さっきも見た白い鳥が通り過ぎて行く。

……私はまだ、彼のことを忘れられていないのかもしれない。

そう心の中で呟いた自分自身に笑ってしまい、アイリスはそれを誤魔化《ごまか》すかのように、髪結い師に向かって微笑んだ。

もう、現実か夢かもわからないような幼い日の思い出に、まだしがみついているなんてバカみたい。

だけど目を閉じれば浮かんでくる、プラチナの髪の少年の顔。

あの時はその感情がなんなのかよくわからなかったけど、今ならはっきりと言える。

あれは、初恋だったんだと。

◆　◆　◆

——数日後。

アイリスはいつものように、花園《はなぞの》に足を運んでいた。

花園と言っても、広い庭の片隅で、五メートル四方を崩れかけたレンガが囲んでいるだけの、ただの空き地のようなものだ。

元々は、剪定《せんてい》した庭木の枝を処分するための焼却炉《しょうきゃくろ》が置いてあった場所らしい。だけど庭の反対の隅に、新しい焼却炉が設置されてからは古い焼却炉は取り除かれ、その跡には好き勝手に雑草や野の花が咲くようになり、やがて存在自体を忘れられてしまった。花園なんて洒落《しゃれ》た名前で呼んでいるのは、この城でもおそらくアイリスだけだろうという、なんとも残念な代物だ。

だけどアイリスは、偶然見つけたこの花園が好きだった。

艶《あで》やかなバラこそ咲いていないけれど、自分と同じ名前を持ったアイリスの花がひっそりと咲いていたし、小瓶《こびん》の中のバラの花びらの色を変えてしまう、悪戯《いたずら》な妖精が訪れることもある。

それから、幼い頃にあのプラチナブロンドの少年と逢瀬《おうせ》を重ねたのも、花園だった。

今でも忘れることが出来ない、銀の月を溶かしたような美しい髪と、少し淋《さび》しげで憂《うれ》いを含んだ青い瞳。アイリスの名前を呼ぶ声は宵闇《よいやみ》のように静かで、だけど優しさに溢《あふ》れていた。

少年の正体に、心当たりがないわけではない。

アイリスの記憶に間違いがなければ、彼は……。

「あら？」

崩れたレンガを潜《くぐ》ろうとして、ふと違和感に気が付く。

昨日ここへ来た時と、絡まる蔦の量が微妙に変わっている気がする。確か、アイリス一人が通り抜けられる程度の隙間しかなかったはずなのに、明らかに人為的《じんいてき》に蔦がちぎられ、隙間を広げられたような跡がある。

もしかして、スチュアートがこの場所に気が付いたのかしら。秘密を暴《あば》かれてしまったようであばれて困るようなことをしているわけではないけど、秘密を暴かれてしまったようであまり気持ちがよくない。それに、アイリスが子どものようなことをしていると知ったら、スチュアートはきっと笑うに違いない。

小瓶の中に白い花びらを入れて一晩隠し、次の日に花びらの色が変わっていたら、それは妖精《ようせい》が来た証拠。変化した色が、ピンクならお勉強が出来るようになり、黄色なら新しいドレスを買ってもらえ、赤なら恋が叶うと言われている、この地方に伝わる遊びだ。

昔はアイリスも、本当に妖精が花園に来て花びらに悪戯をしているんだと信じていた。亡くなった母も、幼い頃にこの遊びに夢中になっていたという話を誰かから聞いたことがあり、顔も憶えていない母親とこんなところは似ているのだと、アイリスは一人苦笑した。

大人になってとっくに卒業したはずのこの遊びを、突然また始めたくなったのはほんの一週間前。特に理由なんてない、ただの気紛《きまぐ》れだ。

もちろん結果は、いつ来ても花びらは白いままなのだが、それでもアイリスはこの遊びを行うこと自体が楽しくなっていた。

花園に入った人がいたとしても、あの小瓶にまで気が付くことはないだろうから、中を覗いて誰かがいたらすぐに出て行けばいい。どっちみち、今日はこの後部屋に来るよう伯爵から言われているのだ。長居は出来ない。

そう思い、蔦を潜って中に入る。

案《あん》の定《じょう》、花園の片隅……丁度アイリスの花が咲いている辺りで、誰かが蹲《うずくま》っているのが見えた。

声を掛けようとアイリスが唇を開くより先に、その影が立ち上がり、振り返る。

思った以上の長身に、アイリスは目を見開いたままその場で固まってしまった。

そよぐ風に金色の髪が揺れる。揺れたのはアイリスのものではなく、目の前の青年のものだ。

それはアイリスの金髪よりもさらに薄い色……プラチナブロンドだった。

静かで、少しの淋しさと憂いを織り交ぜた青い瞳が、無表情に自分を見つめている。

その佇まいはまるで、白い鳥が羽を休めているかのごとく、静かで、そして美しかった。

……誰？

そう呟《つぶや》いたはずが、言葉にはならず、アイリスの唇からは吐息が漏れただけだった。

第二章　兄との口づけは激しく

「はあ、はあ……」

城の中まで戻ってくると、アイリスは乱れた呼吸を整えながら壁《かべ》に寄りかかった。

思わず逃げてきてしまったが、さっきの人は一体誰だったんだろう。まさか、悪戯《いたずら》をしにきた妖精《ようせい》でもあるまい。

とても綺麗《きれい》なプラチナブロンドだった。

あそこまで、透けるように美しいプラチナの髪を持った人物は、アイリスの記憶の中には一人しかない。

まさか。そんな、まさか。

気持ちを落ち着けようと思っても、深呼吸をすればするほど、天邪鬼《あまのじゃく》な心臓の動きは激しくなる。

まさか、あの方のはずがない。何かの間違いだわ。

「まあ、アイリス。体調でも悪いの?」

「あ……お母様」

いつからそこに立っていたのか、シルヴィアがアイリスの肩に手を置いていた。

「大丈夫? 体が辛いのなら、部屋で休んでいなさい? 伯爵《はくしゃく》様には私から伝えておくわ」

「いえ、大丈夫です」

無理矢理笑顔を作ったことは、シルヴィアにはばれなかったようで、アイリスはほっと息を吐き出した。

リットン伯の部屋には、すでにスチュアートがいて、伯爵と楽しそうに談笑《だんしょう》していた。今日の伯爵は顔色もよく、体調がよさそうに見える。

「おお、シルヴィア、アイリス、来たか」

朗《ほが》らかな笑顔を見せて両手を広げた伯爵の胸に軽く抱きつき、アイリスはその頬《ほお》に軽くキスをした。

かつては長身と筋肉質な体を誇った美貌《びぼう》の伯爵も、病のせいですっかり痩《や》せてしまった。だけどそれでも、若い頃はさぞかしハンサムだったのだろうと思わせる精悍《せいかん》な顔つきは保っていた。

「楽しそうね、お父様。スチュアートと何をお話ししていたの？」

「婚礼《こんれい》の時のワインの相談をな。この城に招いておいて、最高のワインを出さなかったら、来客がどれほどがっかりするかわからぬ」

「大丈夫です、伯爵。当たり年の最高級品を、ちゃんと確保出来たようですから」

二人の話を聞きながら、アイリスは目線を左右に動かした。ワインの話をするために自分を呼んだわけではないだろうし、きっと他に何か用があるはずだと思ったからだ。

「ところで伯爵様、例の彼はまだですの？」

珍しく険《けん》のある声を出したシルヴィアに、アイリスは少し驚いた。

「そうだな……もう着いている時刻のはずなんだが」

「どなたかお見えになるの？」

伯爵の代わりに、スチュアートが唇を開く。

「今日は君の……」

最後まで言い終わらないうちに、ノックの音がして扉が開いた。

長く真《ま》っ直《す》ぐに伸びた黒い人影が、ゆったりとした動作で、一歩、二歩と、部屋の中央に向かって歩いて来る。そして伯爵の前に立つと、帽子を脱いで胸の辺りに添え、綺麗な所作《しょさ》でお辞儀《じぎ》をした。

「遅くなって申し訳ありません。アイリスがあまりにも美しかったもので、見とれておりました」

――アイリスが、あまりにも美しかったもので。

やっと治まった動悸《どうき》が再び激しくなり、喉《のど》がカラカラに渇いていく。頬は火照《ほて》って胸の奥はむずむずし、唇は勝手に何かを叫び出しそうになっている。

やはり、さっき花園《はなぞの》で見たのは間違いではなかった。

彼は、この城に戻ってきていた。

「まあ、随分《ずいぶん》と無礼《ぶれい》ですこと。アイリスを呼び捨てにし、その上見とれていたなんて、いけしゃあしゃあと」

厳しい視線を向けるシルヴィアから庇うように、アイリスは咄嗟《とっさ》に口を挟んだ。

「ち、違うわ、お母様、この方はきっと庭のアイリスのことを仰《おっしゃ》っているんだわ」

「庭のアイリスですって?」

「さっき、庭でこの方をお見かけしたんです。あれはアイリスの花を見ていたんですよね?」

青年は何も答えない。それどころか、アイリスの方を見ようともしなかった。

アイリスはそれでも構わなかった。なぜなら、真っ直ぐに見られてしまったら、きっと自分の方から目をそらしてしまったに違いないからだ。

うつむくアイリスの視界の端《はし》に、青年の姿が映っている。アイリスは少しだけ顎《あご》を上げると、青年の首から下を見た。

身にまとっているのは軍服だろうか。

緑の混じったグレーの、分厚く丈夫そうな生地で出来たそれは、合わせの部分が金色のボタンで留められていた。襟《えり》は本体部分よりも少し濃いめの色の生地で出来ていて、喉元《のどもと》まできっちりと締められているにもかかわらず、青年の首はほっそりと長く見えた。

太い革のベルトが巻かれた腰の位置は高く、手足もしなやかといった表現がぴったりなほど長く、青年が長身なのは事実だが、さらに高く見せていた。

「……おまえは本当に立派になったな」

感慨深そうに青年を見つめる伯爵の目には、うっすらと涙まで浮かんでいた。それを誤《ご》魔化《まか》すように咳払いをした後、伯爵はアイリスに向き直った。

「アイリス、おまえはもう忘れてしまっただろうか。彼は……」

「憶えているわ、お父様」

アイリスは自分の体が微《かす》かに震《ふる》えているのを感じながら、伏し目がちにおずおずと青年に声を掛けた。

「お兄様、ですよね?」

◆　◆　◆

もう、十年も昔のことになる。

リットン伯爵城には、アイリスの『兄』が住んでいた。アイリスよりも六つ年上の少年は、名をフィンといった。

フィン・スタンリー。リットン伯爵の血を引いた、正真正銘《しょうしんしょうめい》、本物のアイリスの兄だ。

アイリスはフィンのことが好きだった。

フィンはアイリスが知らないことを何でも知っていて、とても聡明《そうめい》で優しかった。アイリスが怖い夢を見た時には手を繋《つな》いで眠り、悪戯が見つかって乳母から叱られた時には、涙が乾くまで抱きしめてくれた。

アイリスはフィンのことが大好きだった。

大人になるまで……大人になっても、フィンとずっと一緒にいられるようにと、夜の星に願うほど。

だけどアイリスは幼いながら、フィンを取り巻く人々の彼に向ける視線が冷たいことに気が付いていた。

それが二人の母親が違ったためということをちゃんと理解したのは、アイリスがそれなりの年齢になってからのことだ。

長年子どもが出来なかった伯爵は、妻公認で一人の美しいメイドを愛人にしていた。それがフィンの母親だ。二人の間にはすぐに男子が生まれ、伯爵は嫡子《ちゃくし》として正式にリットン家に迎え入れた。その後アイリスが生まれても、フィンが爵位を継ぐことはゆるがなかった。

フィンの実の母親は、フィンが生まれるとすぐに一生暮らすに困らないだけの財産を与えられ、城を出て行ったという。夫人に気を遣ったからかもしれないし、もしかすると、城の中で自分に向けられる視線に耐えられなかったからかもしれない。理由ははっきりとはしないが、彼女に向けられていた蔑視《べっし》の視線は、全てフィンに注がれることとなる。

子どもが出来ない夫人の代わりに愛人が産んだ子どもを嫡子にすることは、この国ではそれほど珍しいことではない。だが、それが身近で起きたとなると話は別だ。

使用人たちは自分と同じ平民だった者が成り上がったことを妬《ねた》み、伯爵の親戚たちは使用人が産んだ子ということで蔑《さげ》んだ。伯爵の前では平静を装《よそお》っていても、姿が見えなくなった途端、フィンに対して冷たい視線を向けるのだ。

その時のアイリスはまだ幼すぎて、なぜ兄妹なのにフィンばかりがそのような仕打ちを受けるのかわからなかった。一度など、陰でフィンの悪口を言っていた使用人に本気で怒り、髪を引っ張ってしまったほどだ。

淑女が取る行動ではないと伯爵に叱られて、アイリスはわんわんと声を上げて泣いた。叱られたことが哀《かな》しいのではなく、フィンの悪口を言われたことが悔しくてたまらなかったからだ。

こんなに素敵な私のお兄様の悪口を言うなんて。

そう言っていつまでも泣き止《や》まないアイリスの横で、フィンは全てを知ったような顔でただ微笑むだけだった。

伯爵も城内の様子を知らずにいたわけではなかっただろう。だが、あまり自分がフィンを庇《かば》ってしまうと、彼に対する風当たりがさらに強くなる可能性もある。それに、大きくなって正式に家督《かとく》を継ぐことになれば、そんな風評も自然に収まるだろうと伯爵は考えていた。

フィンにしてみても、伯爵からは惜しみない愛情を与えられ、たった一人の妹からは慕われ、周囲からの風当たりさえ我慢することが出来れば、幸せな人生を送れるととわかっていたのだろう。決して、無闇《むやみ》に感情を剝《む》き出しにすることはしなかった。

状況が一変したのは、フィン十一歳、アイリス五歳の頃だ。

公爵家《こうしやく》の未亡人であるシルヴィアとの再婚話が持ち上がったのだ。

あっという間にまとまった再婚と同時に、なぜかフィンは寄宿舎のある異国の学校への入学が決まり、アイリスには新しい兄が出来た。

おそらく、公爵家側から愛人の子どもは排除《はいじょ》するようにという条件が出されたものと思われた。

一番ショックを受けたのはフィンに懐《なつ》いていたアイリスだった。三日三晩部屋に閉じこもり、食事も取らずにフィンを城に置くようにと伯爵に抗議したが、その願いが受け入れられることは決してなかった。

城を出て行く前日、フィンはアイリスを花園に誘った。アイリスの頭の上には、フィンが作った少し不格好な花冠《はなかんむり》が被《かぶ》せられていた。

僕がいなくなっても、君は笑顔を忘れたらダメだよ？　君は笑顔が一番可愛いんだから。毎日本を読むんだよ？　これからは女の子だって知性がなければいけないよ。人には優しくしなければいけないよ？　人に優しく出来ない子は、自分にも優しく出来ないからね。

並べられた約束一つずつに頷《うなず》きながら、その度、アイリスはフィンと指切りをした。悟ったような、そして全てを捨ててしまったようなフィンの表情に、アイリスは永遠の別れを感じて涙が止まらなかった。

全ての約束が終わった後、どちらからともなく、自然と唇を重ねていた。

――ずっと一緒にいよう。

最後の約束が嘘だということはわかっていたけど、アイリスは頷いて小指を差し出した。

だけどその小指がフィンの小指と絡むことはなかった。

そして幼いアイリスの手の中に残ったもの、それは――。

赤いバラの花びらだった。

◆◆◆

十年ぶりの再会に感動する間もなく告げられたのは、耳を疑うような一言だった。

「スチュアートの執事《しつじ》に？　お兄様を？」

「執事に据えるには、彼はまだ若いと思いますわよ？　もう少しよそで経験を積ませてからでもよろしいいんじゃないかしら」

シルヴィアはフィンを見ることはせず、ソファーに座った体を少し斜《なな》めにして紅茶を口に含んだ。

「だが、フィンは我が子ながらとても優秀な男だ。年齢は関係なく、しっかりと城を仕切ってくれよう。スチュユワート、おまえはどうなんだ？　反対か？」

「いいえ、伯爵。僕に異存《いぞん》はありません。彼のようにしっかりとした人間が側についていてくれるのでしたらとても頼もしいです」

違う、そんな問題ではない。

アイリスは一人、釈然《しゃくぜん》としない思いを抱えながら、みんなの話を聞いていた。

執事とは、使用人たちの中でも最上級の職業であり、知性と教養を併《あわ》せ持っていなければ務まらない仕事だ。一般の使用人とは扱いも違い、人事に口出しすることが出来たり、身の回りの世話をする使用人を持つことも出来る。

だが、あくまで使用人は使用人であり、伯爵家の子息がなるような職業ではない。

「正式に執事となるのは、スチュアートが家督を継いでからだ。それまで、しっかりとこの城の様々なことを学ぶのだぞ？」

「承知《しょうち》致しました」

あらかじめ聞いていたことなのか、フィンはあっさりと頭を下げた。まるで使用人がする深さのそれに、戸惑っているのは、どうやらこの場ではアイリスだけのようだった。

シルヴィアはアイリスとは別の理由で納得していないようで、憂鬱《ゆううつ》そうにこめかみに指を当てた。

「……はあ、なんだか少し疲れてしまったわ。スチュアート、部屋まで送ってくれる？」

「大丈夫ですか、母上」

シルヴィアに手を差し伸べ、スチュアートが穏やかな笑みを浮かべる。部屋を出て行く直前、スチュアートはアイリスに向かってにっこりと微笑んだ。

「アイリス、後で部屋に行くから待っていてね」

「え、ええ」

二人が出て行くと、部屋には血の繋がった親子である三人が取り残された。

複雑な思いが胸を交錯《こうさく》し、まともにフィンの顔を見ることが出来ないアイリスの横で、伯爵が唇を開く。

「積もる話はあるが、おまえも長旅で疲れただろう。部屋は用意してあるから、今日はゆっくりと休むがいい」

「恐れ入ります」

さっきよりは浅くお辞儀をすると、フィンはそっけないほどあっさりと部屋を出て行き、扉の外側でもう一礼した。

扉を閉め終わるまで、結局フィンは一度もアイリスの方を見ることはなかった。

「お父様、どうして？　どうして今、お兄様を呼び戻したの？　それも、使用人としてなんて……」

アイリスの問いかけに、伯爵は今にも泣きそうな顔で微笑んだ。

「人間、人生の終わりが見えてくると色々と我《わ》が儘《まま》になるようだ。自分の望みを出来る限り叶えたいと、無茶なことをしてしまう」

ふいに『父親』の顔を見せた伯爵に、アイリスの喉の奥がくっと詰まって苦しくなった。

その顔は今、アイリスには向けられていない。扉の向こうに消えた、実の息子へ向けられていた。

人生の終わりが見えてくると――。

伯爵が放ったその言葉はあまりにも重く、アイリスはそれ以上何も言えなくなると、軽く唇を噛《か》んで俯《うつむ》いた。

◆ ◆ ◆

「ああ、なんてことなのかしら」

伯爵との話が終わって自分の部屋に戻るなり、シルヴィアは憂鬱なため息をついてソファーに腰かけた。こんな時でも彼女の仕草は優雅だ。

「伯爵様は何をお考えなのかしら。平民の血が入った子を呼び戻して一緒に住まわせるなんて。お父様がお知りになったら、きっとお怒りになるわ」

確かにこんなことを知られたら、シルヴィアの実家である公爵家が黙っていないだろう。それに生粋《きっすい》の貴族のお嬢様であるシルヴィアにとって、愛人というのは軽蔑《けいべつ》すべき存在であった。

「それを見越しての、執事の職なのではないでしょうか」

一緒に住むが、あくまで使用人として雇《やと》っているのであれば、そこまでうるさいことは言われないと伯爵も考えたのだろう。

「スチュアート、あなたも嫌なら嫌と言っていいのよ？」

そう言って欲しいと願うような目に、スチュアートは苦笑して首を横に振った。

「いえ、僕は別に構いません。それに彼はとても優秀な人物と聞きます。名門校を首席で卒業し、士官学校も退学を惜しまれるほどの成績だったようです。僕はまだ世間知らずですし、彼のような人が側《そば》にいてくれれば心強い」

先ほども述べたことを繰り返し言い、スチュアートはそれが本心であることを母親に告げた。

「まあ、スチュアート。あなたはなんてお人よしなの」

「別にいいじゃありませんか母上。おかしなしがらみで能力のある人間を手放す方が、よほど馬鹿げています」

「そうかもしれないけれど」

「そうですよ母上。それに、彼が戻ってきて、アイリスが喜んでいるであろうことが、僕は嬉しいんです」

生き別れたと言っても過言《かごん》ではない、血を分けたたった一人の兄が城に戻ってきて、アイリスはどれほど喜んでいることだろう。

スチュアートにとって、アイリスの喜びは自分の喜びでもあった。

その頃アイリスは、開けるか開けまいか、一枚の扉とにらめっこをしていた。

ここはメイドに教えてもらったフィンの部屋の前だ。

リットン伯爵城は、一般的な城より控え目な大きさとはいえ、寝室だけでも三十はある。そのほとんどが空き部屋だというのに、フィンの部屋はよりによって、一番西にある日が当たらない部屋だった。

使用人棟《とう》じゃなかっただけでもましなのかもしれないが、子どもの頃はアイリスの部屋の並びの、日当たりのいい部屋に住んでいただけに哀しい。伯爵の様子から事情は察したものの、実の息子に対してのこの仕打ちに、理不尽《りふじん》なものを感じずにはいられなかった。

どんな顔で会えばいいのかしら。おかえりなさいと言えばいいのかしら。それともごめんなさいと言えばいいのかしら。

子どもの頃だったら抱きついて甘えればそれで済んだのに、大人になった今ではそれは出来ない。

素直に、再会の喜びを伝えれば、お兄様もそれに応えてくれるのかしら。……とにかく、会わなければ話にならないわ。

意を決し、扉に手を掛け、そっと開く。

太陽はまだ西に傾き始めたばかりの時間なのに、中は薄暗く、その分気温が低く感じられた。

なんの飾りもない質素な家具に、白い綿のシーツと茶色い毛布が畳《たた》んで置かれたベッド。床は他の部屋と同じあたたかみのある木の床だったが、そこには絨毯《じゅうたん》一枚敷《し》かれていなかった。窓際に置かれた小さな木の椅子に、少し窮屈《きゅうくつ》そうに座る人影に気が付き、アイリスは息を呑んだ。

僅《わず》かに差し込む陽射《ひざ》しに、薄い色の髪が淡く光る。

シャープなラインの輪郭《りんかく》の中に、きゅっと引き締まった薄い唇と、すっと通った小高い鼻、整えなくとも綺麗なアーチを描く眉。まるで作り物のように、一分の隙《すき》もない整った顔をしている。

前髪の下から覗く切れ長の青い目は、瞬《まばた》きもせず、物憂《ものう》げにアイリスを見つめていた。

その姿があまりにも眩《まぶ》しくて、アイリスは胸の高鳴りを抑えることが出来ないまま、目を細めてフィンを見つめ返した。実の兄だとわかっているのに、離れて暮らしていた空白の時間は、それを忘れさせてしまうほど青年を素敵に成長させていた。

いやだわ、私ったら何を考えているの？

久しぶりの兄妹の再会の喜びを分かち合いたくて部屋を訪れたのに、別の感情が胸の中に広がっていく。だけどそれは、懐かしさ、兄弟への愛しさという感情と混同しているだけだと自分に言い聞かせ、改めてフィンを見た。

あの頃と同じ、静かで、少し淋《さび》しい光を灯《とも》した瞳。

一瞬にして時が巻き戻ったような錯覚《さっかく》に、様々な感情が溢《あふ》れ出て来て涙で視界が滲《にじ》む。

このまま駆け寄って抱きついてしまいたい衝動《しょうどう》にかられたが、次の瞬間投げかけられた言葉は、アイリスが期待していたものとはかけ離れていた。

「勝手に部屋に入るな」

「え……」

「ノックもせずに無礼な女だ」

そういえば、扉の前で思い悩んでいるあまり、ノックをするのを忘れてしまっていた。

アイリスは自分の無礼が恥ずかしくなると、顔を赤くしながら頭を下げた。

「ご、ごめんなさい」

「悪いと思うなら出て行け」

アイリスは混乱していた。

「お兄様、あの……」

それがあの優しかった兄から出て来た言葉だとはとても思えなかった。

「兄とは呼ぶな」

「え……」

「フィンと呼び捨てにしろ。おまえがそうしなければ、怒られるのは俺だ」

子どもの頃、フィンは確か、アイリスを君と呼んでいた。そして自分のことは僕と言っていたはず。

ほんの少し言葉遣いが変わっただけで、やけに粗野《そや》で乱暴に聞こえ、アイリスは怖くなると口を噤《つぐ》んだ。

どうしていいかわからず、フィンの足元に視線を落とすと、そこには中型のトランクが一つだけ転がっていた。

「荷物はそれだけ？」

「これだけあれば十分だ」

朝食の時のゆったりしたドレス、庭を散歩する時の革靴に合わせた色のドレス、それから夕食用のイブニングドレスと、一日に三回着替えることもあるアイリスにとって、こんな小さなトランクでは一日分のドレスすら収まらない。

一体、これまでどんな倹《つま》しい生活を送ってきたのだろう。

具体的には知らないが、全寮制《ぜんりょうせい》の学校や士官学校は、規律がとても厳しいところだと聞いたことがある。きっと、贅沢《ぜいたく》は許されなかったのだろう。

「寮での生活は、如何《いかが》でしたか？」

「は？」

「どんな生活を送っていたんですか？　お友達は出来ましたか？」

アイリスとしては、素朴な質問をしただけだった。それなのにフィンは思い切り顔をしかめると、忌《い》まわしいものを見るかのような目でアイリスを見た。

「バカじゃないのか」

吐き捨てるような言い方に面食らうアイリスをよそに、フィンはトランクを開け、中から衣類を取り出した。

「あ、あの、荷解《にほど》きのお手伝いをします」

「触るな」

短く言い撥《は》ねられて、アイリスはトランクに伸ばしかけていた手を慌てて引っ込めた。

交わす言葉も思いつかぬまま、気まずい空気が流れる。

フィンは軽くため息をつくと、突然立ち上がり……。

服を脱ぎ始めた。

「な、何をしているの？」

うろたえるアイリスの前で、フィンは上着を脱ぎ、シャツのボタンを外し、上半身裸になった。

茫然とするアイリスの瞳に、服を着ている時にはわからなかった、引き締まった筋肉が映った。父親の裸ですら見たことがないアイリスにとって、初めて見る殿方の裸に、指の先まで熱くなると顔を覆《おお》って後ろを向く。

「な、何を考えているの！　急に裸になるなんて！」

「俺はただ着替えをしたいだけだ。なかなか出て行かないおまえが悪い。それに今更初心《うぶ》な振りをしたって無駄だ。どうせ男の裸なんて見慣れてるだろう？」

「ま、まさか！　どうしてそうなるの!?」

「あのスチュアートという男、婚約者だそうだな。しかも義兄としてずっと一緒に育ってきたんだったら、さぞかし人目も憚《はばか》らずヤリまくってるんだろう？」

「やめて！　下品なこと言わないで！」

「どうだ、夜は満足させてもらってるか？　不器用そうな男だが、あっちの方は強いのか？」

「私とスチュアートはまだそんな関係じゃないわ！　結婚だってしてないのに、そんな、そんな……」

聞くに堪《た》えない卑猥《ひわい》な言葉を聞いて、今にも泣き出しそうに赤い目で体を震わせるアイリスを見て、フィンは楽しそうに目を眇《すが》めた。

「ふん、おまえまだ生娘《きむすめ》か」

ずばり言われてしまい、頭の天辺《てっぺん》まで熱くなった時、後ろから腕を摑まれて強引に振り向かされた。

丁度アイリスの目線の位置に、たくましい胸板がある。男性を知らないアイリスにとって、それは十分、羞恥心《しゅうちしん》を煽《あお》るものだった。

「は、離して！」

顔を真っ赤にして腕を振りほどこうとするアイリスを、フィンがニヤリと笑い覗《のぞ》き込む。

「本当に男を知らない顔をしてるな。なんだったら俺が教えてやろうか？」

綺麗な唇から紡がれているとは思えないような野蛮《やばん》な台詞《せりふ》。

「何を言って……んんっ……！」

頭の後ろを抱えるように押さえつけられ、噛みつくようなキスをされた。

スチュアートの優しく包み込むようなキスとは違い、野獣《やじゅう》が獲物《えもの》の全てを奪い取ろうとするような、激しく乱暴なキスだ。

「あっ……やっ!!」

逃げようとするアイリスの体をますます強く押さえつけ、フィンはそのままベッドに押し倒した。

「あ……んっ!!　やあっ……！」

叫ぼうとして開いた唇を割って、ぬるりと濡《ぬ》れた舌が中に入り込んでくる。それはアイリスの舌を弄《まさぐ》るように動き、時々強く吸い上げた。そのせいなのか、体の奥からも熱いものが引き出されていくような気がして、恐怖というよりは戸惑いに震えはもっと大きくなる。

「こんなぐらいで怖がっていたら、あの男を満足させられないぞ？」

「あ……あ……」

大きな手がスカートを捲《めく》り上げて腿《もも》の上を這《は》った時、アイリスは思わず叫んでいた。

「やめて、お兄様！」

びくっと、大きな体が震え、手がピタリと止まる。しばらくの間の後に、その手がスカートの中からゆっくりと出た。

そして小さなため息をつくとフィンは体を起こし、ベッドの上で震えるアイリスを冷たく見下ろした。

「出て行け。そしてせいぜい、あの優男《やさおとこ》に慰《なぐさ》めてもらうんだな」

溢れそうになる涙を唇を噛むことで我慢しながら、アイリスは乱れたドレスの裾《すそ》を直して起き上がった。

「……お兄様は変わってしまわれたのね」

「おまえはガキのままだな」

俯くと、アイリスは飛び出すように部屋を出た。

遠ざかる足音が完全に消えるのを待った後、フィンは床に落ちていた自分のシャツを拾い上げ、肩に掛け、再び椅子に座るとテーブルの上に靴のまま足をどっかりとのせた。

――断ることも出来たはずなのに。

まだ一日目だというのに、フィンは城に戻ってきたことをすでに後悔し始めていた。

◆◆◆

自分の部屋に駆け込むと、アイリスはベッドに伏して顔を枕《まくら》に埋めた。

子どもの頃の綺麗な思い出を、他ならぬフィン自身に粉々《こなごな》に砕《くだ》かれてしまった。

あれほど優しかったのに、大切にしてくれていたのに、どうしてあんな乱暴なこと……。

「んっ」

さっき奪われた唇の感触を思い出し、背中がピクンと跳ねる。キスであんなに体が熱く震えるなんてこと、スチュアートの時は一度もなかった。

再び体の奥が熱く疼《うず》き出し、アイリスは枕を強く抱きしめると何度も深呼吸をした。

怒りもあるし、哀《かな》しみもある。だけどなぜなのか、それ以上に説明のつかない感情の方が大きかった。

胸の奥に小さな棘《とげ》が刺さったみたいに痛い。だけどその疼きは決して不快なものではなく、甘い切なさを伴って心の奥に広がっていく。

「はあ……」

自分のため息の大きさに驚き、アイリスが口を両手で覆ったその時だった。

ノックの音がしたので、ベッドの上で跳ねるように起き上がった。

「どなた？」

「僕だよ、スチュアートだ」

ほっとしたような、それでいて少しがっかりしたような顔で扉を開けると、いきなり抱きしめられた。

「きゃっ、スチュアート！」

「こら、君は悪い子だね」

おでことおでこをこつんとぶつけ、スチュアートがアイリスを軽く睨《にら》む。

「部屋で待っていてねって言ったのに、さっき訪ねた時は留守だったよ。一体どこに行っていたんだい？」

「あ……ごめんなさい、庭にアイリスを探しに行っていたの」

正直に、フィンの部屋に行ったと言ってもスチュアートは何も不信に思わなかっただろ

う。十年ぶりに再会した兄妹なのだから、その方が自然だ。それなのにアイリスは必要のない嘘をついた。

スチュアートは何の疑いも持たない澄《す》んだ笑顔で、アイリスの髪を一束摑んでキスをした。

「庭にアイリスが咲いてるなんて知らなかったよ。君と同じ名前の花は、どこに咲いていたんだい?」

「あの、それがね、見つけられなかったの」

つく必要のない些細な嘘を重ねることで、アイリスの鼓動《こどう》が速まる。

「そうか、それは残念だったね」

近づいてきた唇にキスの予感がしたけど、唇が触れる直前に、アイリスは思わず首を背《そむ》けていた。

「ごめんなさい、今日は少し疲れたみたいで……」

「ああ……そうだよね、色々と驚くことばかりだったからね。ごめんね、気を遣ってあげられなくて」

どこまでも優しい言葉に胸が痛む。

「そうだ、フィンの部屋は一階の一番西の部屋のようだよ。君も後で訪ねてみるといい。妹の来訪をきっと喜ぶはずだよ」

屈託のない無邪気な笑顔。大好きだったはずなのに、それを見ていたら自分がとんでもなく穢《けが》れた存在に思えてきて、アイリスは罪悪感に苛《さいな》まれると真っ直ぐスチュアートの顔を見られなくなってしまった。

恋人以外の、ましてや兄のキスに、あんなに体が熱くなってしまうなんて、どうかしている。

「そうね、機会を見て訪ねてみるわ」

小さな声で呟《つぶや》きながらアイリスは、人差し指の先で自分の唇をそっとなぞった。

そこにはまだ、フィンの温《ぬく》もりが残っていた。

第三章　婚約者と兄のはざまで

メイドは手慣れた手つきで紅茶とミルクをカップに注ぐと、アイリスの前に置いた。

今日のお茶は、ウバだ。

一際《ひときわ》香り高いこの紅茶は、ミルクを入れると一層香りが引き立ってさらにおいしくなる。

アイリスは本当はアッサムの方が好きだったが、シルヴィアと一緒のお茶の時間は大抵《たいてい》ウバになることはわかっていたので、特に文句はなかった。

焼きたてのスコーンにクロテッドクリームとブルーベリージャムをたっぷりとつけて小さな口で頬張《ほおば》る。日に日に強くなってゆく陽の差し込むティールームでは、ゆったりとした時間が流れていた。

「そういえばお母様、スチュアートはどうしているんですか？」

いつも午後のお茶の時間には少しでも顔を出すスチュアートなのに、お茶どころか今日は朝からまだ一度も姿を見ていない。

「さっきはフィンと剣の手合わせをしていたわね」

それが面白くないのか、シルヴィアは不機嫌《ふきげん》な様子で一口サイズのサンドウィッチを口に入れた。

「あの子のお人よしに、フィンが勘違《かんちが》いをしなければいいのだけど」

あくまでも、使用人としてこの城にいることを忘れるなという意味だろうが、フィンと血の繋《つな》がった妹であるアイリスの前で言うにはあまりふさわしくない言葉だ。

悪気《わるぎ》はないのだが、お嬢様育ちゆえか、シルヴィアには少し無神経なところがあった。

「お母様、私、庭の散歩をしてきます。ついでに、二人の手合わせを見てきますね」

アイリスはカップをソーサーに戻すと立ち上がった。

「……あ……」

その時、窓から入り込んできた風が、一枚の花びらをアイリスの足元に運んだ。

「風が出て来たようですね。そろそろお閉め致します」

メイドが窓際に駆け寄り、窓に手を掛ける。

「妖精《ようせい》が入ってきたのかもしれないわ」

「妖精でございますか？」

窓を閉めながら、メイドが小さな笑い声を漏《も》らす。

「あら、この地方の女の子ならみんな知ってる遊びでしょう？　白い花びらに色がついたら、妖精が悪戯《いたずら》した証拠だって」

「さあ……私はこの地方の生まれ育ちですが、そのような遊びは聞いたことがありません」

戸惑《とまど》うように、彼女はもう一人のメイドを見る。だけどその彼女も、困ったような顔で首を傾《かし》げるだけだった。

本当はあまり有名な遊びじゃなかったのかしら。

アイリスは少し残念な気持ちで、花びらをテーブルの上に置くと部屋を出た。

◆
◆
◆

裏庭に出るとすぐ、剣を打ち合う音が聞こえた。

だが、アイリスがそこに着いた時にはすでに音は止《や》み、二人はバラの垣根《かきね》に囲まれた芝《しば》の上で、にこやかに談笑《だんしょう》していた。

フィンは昨日の軍服とは違い、ラフな白いシャツを着ている。

「やはり、士官学校で学んだだけのことはあるね。手加減《てかげん》してもらっているはずなのに間合いを詰めることすら出来ない」

「いえ、スチュアート様こそなかなかの腕でございます。少しも油断出来ません」

「お世辞《せじ》はいらないよ。僕の実力が君の足元にも及ばないことは確かなんだから」

「スチュアート様は、とても素直なお方でいらっしゃるのですね」

「それは褒《ほ》め言葉かい？」

「もちろんでございます」

「ははっ、じゃあ、喜んで受け取っておくよ」

フィンの言葉遣いもあってか、二人はすでに立派な主と執事に見え、アイリスは複雑な気持ちだった。

本来なら、リットン家を継《つ》ぐのはフィンだったはずなのに、仕える身になってしまうなど、子どもの頃はフィン自身も想像すらしていなかっただろう。

「もう一度、お手合わせ願えるかい？」

「かしこまりました」

立ち上がると、二人は間合いを取って剣を構えた。

「はっ……！」

スチュアートが地面を蹴《け》って一歩踏み出し、切っ先をフィンに向ける。だが、フィンは一分の隙《すき》もなくそれを軽々撥《は》ね除《の》けると、その流れのままスチュアートの脇腹の辺りを突く真似《まね》をした。

「筋は悪くありませんが、隙がありすぎますよ」

「ふっ、ははっ。さっき褒めてくれたばかりなのに」

苦笑いを浮かべながら、スチュアートが横に動いて斜めから剣を振り下ろす。フィンは体を反らしてそれを避け、弧《こ》を描くようにスチュアートの左に移動すると、下から剣を振り上げた。

はらりと、黒髪が芝の上に落ちる。どうやら、フィンの切っ先がスチュアートの前髪を捉えたようだ。

本当なら額《ひたい》を切る勢いだったのを、フィンが上手《うま》く加減したのだろう。

フィン……凄《すご》いわ。

思わずうっとりとバラ色のため息をつく。

スチュアートも剣の腕は決して悪くないと思っていたが、二人を比べてしまうとまるで子どもと大人……いや、素人と玄人で、フィンの方が、剣さばきもスピードも力強さも、数段上に見える。

本当ならスチュアートの方を追いかけなければいけないのに、アイリスの目は自然とフィンを追っていた。

長身の引き締まった肉体が、なんとしなやかに動くことだろう。汗を弾《はじ》きながらなびくプラチナの髪が、なんと美しく輝いていることだろう。前を見据《みす》える真剣な瞳が、なんと力強い光を灯《とも》していることだろう。

些細《ささい》な動作や目線の全てがアイリスの瞳を、心を摑《つか》んで離《はな》さない。フィンから目をそらすことが出来ない。

そのまま三十分ほど手合わせをしたところで、二人は再び休憩《きゅうけい》に入った。見つからないうちに立ち去ろうと踵《きびす》を返した時、アイリスを引き留める声がした。

「アイリス」

振り向くと、スチュアートが汗を拭《ぬぐ》いながら手招きをしていた。その横で、フィンは遠くを見ている。

アイリスはスカートの裾《すそ》を摘まみ上げると、二人に近づいた。

「恥ずかしいところを見られたね。僕、弱かっただろう?」

こういうことをさらりと言えてしまうのは、スチュアートの長所の一つだ。

「いえ、二人ともとても強かったわ」

「ははっ、ありがとう。それがお世辞に聞こえないように、頑張ることにするよ」

微笑《ほほえ》み、首を傾《かたむ》けるとスチュアートの額から頰《ほお》にかけて汗が零《こぼ》れた。アイリスはハンカチを取り出すと、爪先立ってそれを拭い、ついでに髪についていた葉も取ってあげた。

「ふふ、汗びっしょりだわ。お疲れ様」

「ああ、ありがとう」

「仲がよろしいのですね。妬《や》けてしまいます」

ふいを突かれた心臓が飛び上がって激しく波打ち始める。恐る恐るその声の方を向くと、フィンがじっと二人を見ていた。その瞳は無表情で、感情を読み取ることは出来ない。

「え、あ、あの」

アイリスにしてみれば、慕《した》っている義兄にする自然な行為であって、恋人に対するそれではないつもりだった。

だけどさっきのフィンの言葉は、明らかに『恋人同士の二人』に向けられたものだ。

「あの、これは、別にそういうことじゃなくて、汗をかいていたら、誰だって拭いてあげるぐらいのことは……」

アイリスはしどろもどろになって言い訳をすると、ハンカチをぎゅっと握って背中に隠した。胸が痛くて、苦しくて、泣きそうになる。

当たり前のことを言われただけなのに、なぜか深く傷ついている自分がいることに、アイリスは気が付いていた。

「僕の婚約者をからかわないでくれ、フィン」

アイリスが照れ隠しをしているのだと思ったのだろう。スチュアートは苦笑しながら、アイリスの肩を抱き寄せておでこにそっとキスをした。その間もアイリスは、体を硬直《こうちょく》させながらフィンのことばかり見ていた。

だけど、フィンの瞳に感情は何も生まれない。何を考えているのかわからない。

お互いの存在を気にしながら黙り込む、二人の顔を見比べながら、スチュアートが何かを思い出したように言った。

「そういえば、今日はまだ母上に一度もお会いしていなかった。ちょっと、行ってくるから、君はフィンと少し話すといい」

「え……」

それは、兄妹で話をさせてあげたいというスチュアートの気遣いだったのだろう。彼はもう一度アイリスの額に口づけを落とすと、慌ただしい様子で城に向かって駆け出し、あっという間にその姿を消してしまった。

「純粋な男だな。少し、眩《まぶ》しいぐらいだ」

独り言のように呟いて、フィンがアイリスの横に立つ。トンッと肩と肩が触れただけで、体が熱くなるのを感じていた。

「いい男と結婚出来てよかったな。あの男のことが、好きなんだろう？」

「え、ええ。もちろん、好きよ……」

「そうか、俺よりも好きか」

「え……」

驚いて顔を上げた時には、もう唇は奪われていた。

「おにい……フィン……」

顎《あご》を強く引かれて吸い付くようなキスをされ、あっという間に口の中に舌を入れられる。フィンの舌は、アイリスの舌の先をくすぐるようにチロチロと舐《な》め、かと思えば付け根の辺りまで深く入り込んで、ねっとりと弄《まさぐ》った。

アイリスが抵抗しないとわかると、フィンは腰を抱いてさらに強く引き寄せて、自分の熱の全てを流し込むかのように、アイリスの柔らかな唇を激しく吸い上げながら食《は》み、舌と舌を絡ませた。

シャツの胸元から、微かに汗の匂いがする。

それは嫌な匂いどころか、アイリスの中から淫《みだ》らな感情を引き出す媚薬《びやく》でしかなかった。

頭の中が白い霧《きり》で覆われて、ぼんやりとしてくる。舌先に全ての感覚が集まってしまったかのように、フィンの唇のこと以外考えられなくなる。

何度もフィンの舌を追いかけて、自分の舌を動かしてしまいそうになるのを抑えると、フィンの背中に回した手で、シャツをぎゅっと摑んだ。

唇を離した時には、口づけの激しさを表すかのように、透明な細い糸が二人の唇を繋《つな》いでいた。それが自然にすうっと切れた時、アイリスははっとすると体を離した。

「……誰かに見られたらどうするの？」

「見られなかったらいいのか」

わざとからかうようにニヤリと笑うフィンに、アイリスは顔を真っ赤にすると踵を返し、

走り出した。

心を見透かされていることが恥ずかしかった。

◆　◆　◆

走って、走って、走って……。

駆け込んだ先は自分の部屋だった。

「はあ……」

床の上に座り込み、天井を仰《あお》いで息をつく。体の奥が熱く火照《ほて》って、なかなか冷めてくれない。

アイリスはもうわかっていた。自分が、フィンにはしたない感情を……欲情を抱いているのだということを。十年ぶりの再会は、アイリスの一目ぼれから始まってしまったのだということを。

あの腕に、もっと強く抱かれてみたい。あの指で、肌の上をなぞってもらいたい。あの唇で、体中にキスをしてもらいたい。

婚約者のスチュアートにすら抱いたことがない感情を、いくら十年間会っていなかったとはいえ、実の兄に抱いてしまった。

――なんて、愚《おろ》かな。

自分がとても汚らわしい存在に思える一方で、アイリスが自分を戒めれば戒めるほど、それに反比例するようにフィンへの想いは募っていく。

フィンの方は、一体どう思っているのだろう。何を思って、自分にあんなことをするのだろう。

混乱する頭を抱えながら、アイリスはふらふらとベッドの上に腰かけた。そして枕の上にため息を一つ落とすと目を閉じた。

瞼の裏に映ったのは、美しいプラチナの髪だった。

◆◆◆

「ん……」

いつの間にか眠ってしまっていたらしい。

アイリスが目覚めた時、窓からはオレンジ色の西日が差し込んでいた。

「……あら?」

確か、靴も脱がずにベッドに上がってしまったはずだったのに、ちゃんと靴はベッドの下に脱ぎ揃《そろ》えられていて、毛布も肩まで掛けられていた。

……誰が？

視界の端で何かが揺れ、目を移すと、ドレッサーの前でガラスの一輪挿し《いちりんざ》の花瓶《かびん》に入ったアイリスの花が濡れた花びらを開かせていた。

ベッドから下り、置かれていたカードを見ると、柔らかい字でこう書かれていた。


『門の陰で咲いているのを見つけました。

君のように純粋で優しい、可憐《かれん》な花です。

スチュアート』

文字が霞《かす》み、鼻の奥がツンと痛くなり、やがて、あたたかいものが頬を伝った。アイリスはカードを握りしめると、声も出さずに静かに泣いた。

スチュアートのことだ。きっと、アイリスの花が見つかるまで、地面を這《は》ってまで探してくれたんだろう。

あの花園に行けばいくらでも咲いているのに、アイリスがそれを秘密にしてしまったから。そしてこのカードを見ても、まだ、あの場所をスチュアートに教える気にはなれなかった。

「……う……ひっく……」

ぽろぽろと零《こぼ》れた涙が紫色の花びらの上に落ちる。

フィンさえ戻ってこなければ、せめてスチュアートを子どもの頃から異性として意識しながら育っていれば、私は何の疑いも持たず、半年後には幸せな花嫁になれていたのに。

そうやって人のせいにしなければ壊れてしまいそうなほど、胸が痛くて苦しくて辛い。

私の恋人はスチュアート。フィンは血の繋がった兄。

私は半年後にはスチュアートと結婚して、幸せになる。

何度も何度も、心の中でおまじないのように繰り返しても、アイリスの脳裏に浮かぶのはフィンの顔ばかりだった。

――君のように純粋で優しい、可憐な花。

カードの文字を再び見て、アイリスは今度は子どものように声を上げて泣いた。

私は純粋なんかじゃない。こんなにも、醜《みにく》い心を持っている。

第四章　越えてはいけない一線を

それから数日、アイリスは今までさほど興味がなかった婚礼《こんれい》の準備に勤《いそ》しんだ。

飾《かざ》る花の種類、料理の内容、ブーケを束ねるリボンの色……。これまでシルヴィアに任せきりだったのを、自分の意見や希望を交えて伝えた。

忙しくしていれば、フィンやスチュアートを避《さ》ける理由が出来る。

それだけで、アイリスの心は少し楽になった。


その日の午後、アイリスはスチュアートからのお茶の誘いを断り、一人庭を歩いていた。

スチュアート、とても淋《さび》しそうな顔をしていたわ。

その顔を思い出すだけで胸が痛むけど、こんなに重い気持ちのまま、和《なご》やかにお茶を飲める自信はない。

アイリスは心身共に疲《つか》れていることを自覚すると、小さくため息を落とした。

婚礼の準備は女の子にとって、楽しくて仕方ないもののはずなのに、自分の意見を言うことがこんなに面倒なことだとは思っていなかった。きっと本当は、式場を彩《いろど》る花の種類にも、料理の味にも、リボンの色にも興味がないのだろう。

もしも自分の思い通りにしていいのなら、アイリスは迷わず、豪華《ごうか》な衣装もご馳走《ちそう》も、ブーケもいらないと答えるだろう。花冠《はなかんむり》を頭にのせて、好きな人と二人きり、祈りを捧《ささ》げるだけでいい。そう、あの日、フィンと二人で約束をした時のように……。

そこまで考え、慌てて首を横に振る。婚約者はスチュアートなのに、そこでフィンの顔が浮かんでくるなど、あってはならない。

ぼんやりと歩いていたその時だった。

「きゃっ……！」

飛び出していた石に気が付かず、躓《つまず》いたアイリスの上体がバラの茂《しげ》みへと倒れる。激しい痛みを予感し、咄嗟《とっさ》に顔だけは守ろうと両手で覆《おお》った。

だけど、なぜか痛みは襲《おそ》ってこなかった。

恐る恐る両手を下ろすと、茂みはもう目の前で、突き出る棘《とげ》の一本一本まで、はっきりと見えた。この中に倒れていたらと思うと、ぞっとする。

「危なかったな」

「あ……」

アイリスの腰を支え、助けてくれたのはフィンだった。

「大丈夫か?」

耳に息がかかるほどの近さにはっとし、アイリスは地に足をつけてしっかりと立つと、一歩横にずれ、フィンから距離を取った。

「あ、あの。ありがとう」

「結婚式前に、傷だらけになってどうする。気を付けろ」

「……はい」

フィンの口から結婚式の話題が出たことに、胸が痛む。

「散歩か」

「え、ええ。フィンは、休憩中《きゅうけい》?」

「休憩中といえばそうだが、今の俺はこの城ではほとんどすることがないから、一日の半分は休憩時間だ」

「そうなの……」

それきり話すことがなくなってしまったが、まだフィンと別れたくなくて、なんとか話題を探す。

もう、フィンに惑《まど》わされたくなくて避けていたはずなのに、目の前にしてしまうと、もっと話がしたくて、もっと近くにいたくて、もっと触れたくなってしまう。

「そうだわ、これから一緒にお茶を飲まない？　私付きのメイドさんは、とてもおいしいスコーンを焼くのよ」

「それは無理だな」

「え、どうして？」

「俺は使用人だ。主と一緒にお茶を飲むなんてこと、あってはならない」

「使用人といっても、フィンはお父様の実の息子だわ」

「だが、城に来る時にそういう約束をしたんだ。俺はこの城の中では使用人として立場をわきまえると」

「そんな……」

そんな理不尽なことがあるのかと、アイリスは泣きそうになった。

本当だったらフィンこそが伯爵《はくしゃく》家を継ぐ嫡子《ちゃくし》だったはずなのに、どうしてそんなことになってしまったんだろう。

切なさに苦しくなり、胸元を押さえるアイリスとは対照的に、フィンはどこか楽しそうに庭を見渡す。

「……この庭は変わらないな。相変わらず綺麗《きれい》だ」

とくんと、心臓が鳴った。

その顔は、遠い昔に見た少年の顔そのままで、それを見ているアイリスの心も、幼かったあの頃に引き戻されてしまう。無邪気に戯《たわむ》れ、思い切り『お兄様が好き』と言えたあの頃に。だけどそれはたった一瞬の出来事で、フィンはすぐに表情を硬くした。

「もう、転ぶなよ」

「あっ……ま、待って！」

背中を向けたフィンの手を思わず両手で摑《つか》み、はっとしてすぐに離す。

「なんだ、何か用か」

面倒くさそうに振り返ったフィンに、アイリスはしどろもどろになって答えた。

「あの、もう少しだけ、えっと……その。ああ、そうだわ！　お茶がダメなら、一緒に庭を散歩しない？」

真っ赤になって必死に引き留めようとするアイリスの顔を覗《のぞ》き込み、フィンが薄く笑う。

「なんだ、もっと俺と一緒にいたいのか？」

「ち、違うわ！　そういうことじゃなくて、ただ、久しぶりに一緒に散歩するのもいいかなって……そう思っただけで……」

その顔はますます赤くなり、茹《ゆ》でたシュリンプのようになっている。フィンは笑いを堪《こら》えながら、さらに顔を近づけてきた。

「ダ、ダメよ！」

指を先までぴんっと伸ばし、アイリスはフィンの口に自分の手を押し付けた。

「キスはダメ、したら、ダメ」

だけど、この腕を振り払われ、強引にされてしまったら、きっと受け入れてしまうのだろう。アイリスは緊張した面持ちで、次のフィンの行動を待った。

だが、フィンの反応は、アイリスの淡《あわ》い期待を裏切るものだった。

「ふっ、ははははっ……！」

豪快な笑い声にアイリスは目を丸くした。

「ど、どうして笑うの……」

「前髪にバラの花びらがついてる」

フィンはアイリスの前髪についた、白いバラの花びらを摘まみ上げた。

「これを取ろうと思っただけだ」

これ以上赤くなれないぐらい赤面して、口をぱくぱくさせるアイリスを横目に、フィンはそれを軽く吹いて地面に帰した。

「意地悪なのね」

「おまえが勝手に勘違いしただけだろう」

「今のは、勘違いさせたんだわ」

「そう思いたければ思えばいい」

「あ……」

再び背中を向けたフィンの手を、今度は掴むことはしなかった。

白と赤の花びらが舞い散る中、長い影がゆっくりと城に向かって歩いて行く。光を溶かしたようなプラチナの髪が眩《まぶ》しくて、アイリスは目を細めながらその後ろ姿を見送った。

◆
◆
◆

翌日——。

「いい部屋をありがとうございます」

フィンはスチュアートに向かい、直角に頭を下げた。

この度、フィンにはスチュアートの書斎《しょさい》の横に、執務室が与えられた。

重厚感のある大きな机と、革張りの椅子に、ガチョウの羽根で出来たペンと、ガラス製のペン立て。マホガニーの本棚の中には、分厚い書類や参考書が並んでいる。

家督《かとく》を継いだところで、スチュアートには特別仕事が与えられるというわけではない。強《し》いていえば、他の貴族たちとの会食やお茶会に足を運び、顔を広めることが仕事だと言えた。

だけど使用人たちは違う。ましてや、それを束ねる役割の執事《しつじ》となれば、城のことは全て把握《はあく》していなければならない。

主の身の回りの世話はもちろんのこと、お酒や食料の在庫、食器の管理に、不正を働くような使用人を見つけて首にするのも執事の仕事だった。

「発注書等の書き方については、伯爵付きの執事から引き継いでくれ」

「かしこまりました」

現執事とは、先日のうちに挨拶《あいさつ》だけは済ませていた。彼はもうそれなりの年齢のため、伯爵に万が一のことがあった場合、職を辞《じ》して故郷に戻るつもりだという。

「リットン伯爵のお加減は如何《いかが》でしょうか」

「父上だったら、最近は調子がいいようだ。当初言われていたよりも、長生きしてくれるかもしれない」

気軽な様子で答えるスチュアートだったが、フィンは内心苦笑いしていた。

血の繋《つな》がった実の息子が爵位《しゃくい》で呼び、血の繋がらない義理の息子が父親と呼んでいる。なんとも、おかしな光景だ。

最初からわかっていたことだが、自分が使用人としてこの城に呼び戻されたのだということを、フィンは改めて実感した。

そういえば、昔自分を下賤《げせん》の息子と称して陰で悪口を言っていた使用人たちはどうなったのだろう。まだ城に残っているとしたら、あの時の少年が自分たちを統括する立場になったと知り、何を思っているのだろう。

とりとめのないことを考えながらぼんやりしていると、小さな笑い声が隣から漏《も》れた。

「父上の体調がいいこともあって、最近母上のご機嫌がいいんだ」

「そうなのですか……?」

「やもめ同士の結婚なんて言われて、辛い時期もあったみたいだけど、母上はあれでも父上を慕《した》っているからね。一日でも長く生きてもらいたいんだよ」

「……」

シルヴィアは気位は高そうだが、夫の命よりも息子の地位を考えるような、卑《いや》しい女ではないようだ。だからこそアイリスもあのように健《すこ》やかに育ったのだろうと、フィンも納得した。

いっそ、心の醜《みにく》い娘に成長してくれていれば、こんなにも苦しまずに済んだのに。

そんな毒を心の中で吐きながら、フィンは綺麗に微笑んでみせた。

◆　◆　◆

しまった。

アイリスは、丁度、向かい側から歩いてきたフィンとスチュアートの二人と鉢合《はちあ》わせて

シルヴィアとの午後のお茶の時間を過ごすため、ティールームに向かう途中だった。

「あ……」

フィンと目が合いそうになった瞬間、アイリスはわざとらしく窓の外に目をそらした。

「やあ、アイリス。リボンの色は決まったかい？」

遠くに行ってしまいそうな意識を引き戻したのは、スチュアートの朗《ほが》らかな声だった。

「え……？」

まだぼんやりとして瞬《まばた》きをするアイリスに、スチュアートが続ける。

「ブーケのリボンの色だよ。決まらないって悩んでいただろう？」

婚礼の時に持つブーケのリボンの色を決められないと話したのは、つい今朝のことだ。

ドレスの色を邪魔しないように真っ白にするか、点《さ》し色としてピンクにするか、いっそ目立つように青にするかと、スチュアートの前で散々騒いでみせたのだ。

——あくまで、表向きは。

そんなことはすっかり忘れていたアイリスは、もちろんブーケの色など決めていなかっ

た。

「決まったのかい？」

優しく覗き込む鳶色《とびいろ》の瞳。

だけどその後ろでプラチナの髪がさらりと揺《ゆ》れた時、アイリスは無意識のうちに呟《つぶや》いていた。

「……金に」

「え？」

「白いリボンに、刺繍《ししゅう》をしてもらうわ。薄い、プラチナに近い金色の糸を作ってもらって、それで花束を飾るの」

「フィンの髪の色みたいな色かい？」

「そ、そう……ね」

跳《は》ねる心臓を押さえながら横目でフィンを見たけど、今度はフィンの方が窓の外を見ていて、目が合うことはなかった。

「そうだわ、スチュアート。アイリスをありがとう」

数日前から告げられずにいたお礼を伝えると、スチュアートは少年のようにはにかんだ。

「よかった、君がまだ気が付いていないんじゃないかって心配してたんだ」

これまでのアイリスだったら、その場でスチュアートの部屋に飛び込んで行ってお礼を言っただろう。だけど今はどうしてもそんな気になれず、気が付けば数日経つという失礼なことになっていた。それにもかかわらず、スチュアートは咎《とが》めることもせず、もちろんお礼を催促《さいそく》するようなこともしなかった。

「とても素敵《すてき》な花だわ。私と同じ名前なのが申し訳ないぐらい」

「そんなことないよ、君にぴったりの花だ」

「ありがとう」

ぎこちなく笑ったアイリスを見て、スチュアートが顔をしかめる。

「最近、元気がないみたいだけど、疲れているのかい？　婚礼の準備は他の人に任せてしまっても大丈夫なんだよ？」

「……そうね、ちょっと疲れてるみたい。部屋に戻って休むわ。お母様がティールームで待ってるから、そう伝えてくれる？」

「ああ、わかった」

スチュアートが頬にキスをする間、アイリスの目はやっぱりフィンを映していた。そして気が付いてしまった。窓の外を見る振りをして、フィンもガラスの反射越しに自分のことをじっと見つめていることを。

「じゃあ、僕はティールームに行くから。……フィンはどうする？」

お茶会に同席出来ないことはわかっていたが、スチュアートは儀礼《ぎれい》的に聞いた。

「私は部屋に戻ります」

「そうか、じゃあ途中まで一緒に行こう」

スチュアートはアイリスがやってきた方向に踵《きびす》を返して歩き出し、少し遅れてフィンも足を動かした。

そのままこの場を立ち去るかと思いきや、フィンは突然振り返り……。

大きな体を屈《かが》めて、素早くアイリスの唇を奪った。

そして何事もなかったかのような顔ですぐに前を向くと、黙ったままスチュアートの後ろを歩き出した。

なんとかして忘れようとしていた甘い痛みが、再び胸の中で疼《うず》き出す。

……キスはダメって言ったのに。それも、スチュアートのすぐ後ろでなんて、見つかってしまったらどうするの？　なんて言い訳をすればいいの？

『見られなかったらいいのか』

いつかフィンに言われた言葉を、再び耳元で囁《ささや》かれたような気がして、アイリスは両手で耳を塞《ふさ》ぐと静かに目を閉じた。

ずるい、人。

こんなことをされたら、いつまで経っても想いを断ち切ることなんて出来るはずがない。

アイリスはため息と共に歩き出した。

行き先は、あの花園《はなぞの》だった。

花園を訪れるのは、フィンと再会したあの日以来だ。

たった数日だというのに、太陽の落とす影はより一層濃さを増し、茂《しげ》る草木も背が伸びている。

もうすぐここは、夏の野の花でいっぱいになる。夏に咲くバラもあるけれど、花は小さく、すぐに散ってしまう。だから、あの遊びが出来るのも今の季節までだ。

あれから花びらを入れ替えていないから、きっともう萎《しお》れてしまっただろう。そう思い、レンガの隙間に手を入れて瓶《びん》を取り出す。

その中にあったのは……。

「嘘……」

鮮やかな、赤い花びらだった。

花びらの色が変わっていたら、それは妖精《ようせい》が来た証拠。変化した色が、ピンクならお勉強が出来るようになり、黄色なら新しいドレスを買ってもらえ、赤なら恋が叶《かな》う――。

この遊びを教えてくれたのは一体誰だったか、アイリスは改めて考えてみた。伯爵がこんな遊びに興味があるとは思えないし、メイドたちも知らない様子だった。

アイリスの亡くなった母親が、幼い頃夢中になった遊び。異国から嫁《とつ》いできた彼女。もしかするとこれは、その国で伝わるものなのではないのだろうか。

彼女とそんな話をすることが出来た人物、それは……。

ふと、幼い頃の記憶が蘇《よみがえ》る。

あの頃、アイリスは本気で妖精がいるんだと信じていた。なぜなら、実際に白い花びらの色が変わっていたことが幾度となくあったからだ。

その度アイリスは興奮気味でフィンの部屋を訪れ、瓶を掲《かか》げてみせていた。

息を呑み、アイリスは瓶の中から花びらを取り出した。

数日前に入れたなら、とっくに萎れてしまっているはず。だけどどうだろう、この花びらはたった今入れられたかのように、瑞々《みずみず》しく鮮やかだ。

アイリスがいつ見つけてもいいように、毎日入れ替えていた誰かがいる。

それは、きっと……。

「……っ……」

アイリスは何かに突き動かされるように走り出した。

もう、我慢《がまん》することは出来なかった。

◆　◆　◆

「フィン！」

突然開いた扉に、ベッドに寝そべり本を読んでいたフィンは顔を上げた。

また、ノックもせずに扉を開けたのか。

そう言ってやろうと思ったが、扉の側に立つアイリスを見たら、そんな言葉は引っ込んでしまった。

彼女は顔を真っ赤にし、今にも泣きそうに瞳を潤《うる》ませてフィンを睨《にら》んでいた。その姿は、子どもの頃、怖い夢を見てフィンの寝室に駆け込んできた姿そのままで、あまりの可愛さに抱きしめたくなる。

そんなフィンの胸中など知らない様子で、アイリスはツカツカとベッドの横まで歩いてくると、フィンを見下ろす形で睨みつけた。

「どういうつもりなの!?」

「……何がだ」

「さっき、スチュアートの後ろでキスなんてして！」

興奮気味のアイリスとは対照的に、フィンは涼しい顔で本を閉じ、サイドテーブルに置いた。

「大丈夫だ、あいつは気が付いていなかった」

「違う、そういうことじゃなくて……！　そうじゃ、なくて……！　キスはしないでって、ダメだって言ったじゃない……！」

「そうだったか？　もう忘れた」

「こんな大事なこと忘れないでよ！」

「悪かったな。ところで、わざわざその文句を言いに来たのか？」

「違うわ、ううん、文句も言おうと思ったけど、それだけじゃなくて……！」

頭を大きく振り、アイリスは手の平を広げた。

「これ、あなたがやったんでしょう？　白い花びらを赤い花びらに換えたのはあなたなんでしょう？」

「妖精に悪戯されたんじゃないのか？」

その言葉に、アイリスの頬がますます紅潮《こうちょう》する。

「やっぱり、それを知ってるのね。それじゃあ、妖精はきっとフィンで、フィンがこれを悪戯して、だから、だから……！」

アイリスは自分でも、もう何を言っているのかわからないようだった。涙を我慢するように唇を噛《か》んだ後、突然フィンの上に覆《おお》い被さるようにして抱きつき、唇を重ねてきた。

「ん……アイリス……!?」

少し熱を持った震える唇が、ぎこちない仕草で触れる。

「フィンの……お兄様のバカ！　どうして、どうして私を惑わせるの……!?　どうして、こんな意地悪をするの……？」

小さな拳《こぶし》を握りしめてフィンの胸を叩きながら、合間に強引なキスをするアイリスの姿に、思わず笑みを零しながらフィンは言った。

「叩くか、キスをするかどちらかにしてくれ」

するとアイリスは突然大人しくなると、全ての体重をフィンに預けてきた。

「……ん……はあ」

目を瞑《つむ》り、小鳥が餌《えさ》を啄《ついば》むように懸命《けんめい》にフィンに口づけを続けるアイリスに愛しさが募《つの》り、フィンはいつしか自分から唇を重ねると、強く抱きしめベッドに押し倒していた。

軽く体を離し、うっとりと頬を紅潮させる妹の唇を親指の腹で撫《な》でる。

「……俺たちが血の繋がった兄妹だということは、ちゃんとわかってるな？」

その言葉を聞き、自分が飛び越えようとしている壁の厚さを改めて思い出したのだろう。アイリスの喉《のど》が大きく鳴った。

瞳が左右に揺らぎ、その迷いの大きさを物語る。だけど意を決したように頷くと、小さな声ながら、はっきりと告げた。

「……わかってるわ」

今度はフィンが静かに息を吐いた。

「三秒待つ。その間におまえが逃げなかったら、このまま続ける。一、二……」

三秒という短い間、アイリスの頭の中を様々なことが駆け巡った。義理の兄を愛せず、実の兄に恋心を抱いてしまったことを知ったら、スチュアートがどれだけ哀《かな》しむだろう。伯爵は情けない娘だと嘆き、フィンに酷《ひど》い仕打ちをしたりはしないだろうか。シルヴィアは絶望し、正気を失ってしまうのではないだろうか。

そして脳裏をよぎるのは、肖像画《しょうぞうが》の中でしか会ったことがない母の顔。半年後に見られるであろう花嫁姿の自分。白いドレスに身を包み、金色の刺繍がされたリボンで束ねたブーケを掲げている。

だけどその花嫁に笑顔はなく、淋しそうにフィンの姿を探しているようだった。

どんなに誤魔化そうと思っても、もう自分を誤魔化しきれない。十年前からアイリスは、フィンのことが好きだった。そして変わらぬ想いをずっと抱き続けていたのだ。

全てのものを壊してしまってもいい。今、フィンが欲しい。

「三……。三秒待った。もう逃がさない。んっ……」

唇の隙間から入り込んできた舌を、アイリスは今度は素直に受け入れ、フィンの動きを追いかけるように自分の舌も動かしてみた。するとフィンの背中がぴくんと動き、やがて甘い吐息が零れ出した。

「……あ……アイリス……」

自分がそうされると気持ちがいいように、フィンも舌を弄《いじ》られるのが気持ちいいのだろう。アイリスはフィンの動きを真似すると、積極的に舌を動かした。

「……私たち、地獄に堕ちるかしら」

「きっと、堕ちるだろうな」

そう囁き合いながら、さらに深く熱い口づけを交わす。舌の先をねっとりと絡み合わせ、唇を啄み合い、甘く食む。まだキスしかしていないのに、全身に汗が滲《にじ》み、体の奥から何かが溶け出し、下腹部から何かが下りてくるのがわかった。

耳を触っていた手が胸の膨《ふく》らみを捉えた時、アイリスは恥ずかしそうに身を捩《よじ》った。

「逃げるな」

「だけど……あのね、私、まだ誰にも触られたことがないの……」

「そんなのわかってる。……優しくすればいいんだろう?」

一見投げやりな言葉に聞こえたが、愛しそうにアイリスを見つめる瞳が、それがフィンの照れ隠しであることを物語っていた。大きな手が全体を包み込むようにして優しく膨らみを揉《も》む。アイリスは緊張に体を強張《こわば》らせると、息を止め、目を瞑った。

「少しは成長してるみたいだな」

からかうように言われ、アイリスは両手で自分の頬を押さえるとフィンを睨みつけた。

「もう、いつの話をしてるの？　子どもの頃に比べたら、それはもちろん……んっ……」

言葉を遮《さえぎ》るように唇を重ねられ、体の力が抜ける。するりとフィンの手が服の隙間《すきま》から膨らみを触り、一番先の固い部分を探り当てた。

「あっ……！」

ぴりっと、頭の中が痺《しび》れるような感覚に、自分のものとは思えないような甘い声が漏《も》れる。背中に回されたフィンの手が器用に服を締め付けていた紐をほどき、腰の辺りまでドレスをずり下げられた。

「女の下着は面倒だな」

細い体をさらに細く締め付ける固いコルセットを見て、フィンが苦笑する。

「女の子は、色々大変なのよ」

アイリスはつられて笑うと、自らコルセットを外し、フィンの前にささやかに膨らむ胸をさらけ出した。

小さな唇から緊張のため息が漏れる。

同じ血を分け合った二人が、肌を重ねる。絶対に許されない禁断の行為。これから大きな十字架を背負うことになるだろう。

アイリスの緊張が伝わったのか、頬を撫でていたフィンの指が止まった。しばらくの間無言で見つめ合い、お互いの気持ちを探り合う。

『引き返すか？』

そう、フィンの目が言っているのに対し、アイリスは首を小さく横に振って答えた。

「はあ……」

フィンの唇が、アイリスの白くて華奢《きやしや》な首筋をゆっくりと上下に往復する。舌の先がぺろりと耳たぶを舐《な》め、同時に二本の指が胸の赤い蕾《つぼみ》を軽く摘まみ上げた。

「あ、あ……」

「硬くなってきてるな……」

その言葉の通り、そこはつんっと硬く張りつめ、薄い桃色から、一段濃いピンクに変わっているのが自分でもわかった。

「綺麗だ」

甘く囁いた後、フィンは音を立ててそこにしゃぶりついた。

「あっ、はあ……！」

足の先が見えない糸に引っ張られ、ぴんっと反り返る。

「ああっ……はあっ、あ……あん……！」

自分がどれだけ甘く媚《こ》びた声を出しているのかわかっていたけど、抑えようとしても声は勝手に唇から溢《あふ》れ出してくる。

「……我慢しなくていい」

フィンが唇で硬くなった部分を挟《はさ》み、きゅうっと軽く吸い上げ、濡れた肌の上に熱い息を落とす。

「もっと淫らな声を上げろ。まだ誰にも聞かせたことがない声を、俺に聞かせるんだ」

「あっ……んんっ、はあっ……やっ」

フィンの舌が左右、上下に動き、アイリスの蕾をより硬く膨らませていく。触れられた場所からフィンの熱が流れ込み、アイリスの体もフィンと同じ体温になる。

胸を弄られているだけなのに、なぜか体の奥が痛いぐらいに熱くなり、熟《う》れてぐずぐずになって崩れ落ちそうになっている。

腿《もも》をもじもじと擦り合わせるアイリスに気が付き、フィンは自分の指を舐めるとスカートの中に手を忍ばせて、下着の隙間から割れたそこを触った。

「あっ」

あまりにも強い衝撃に、アイリスはベッドのシーツを摑むとぎゅっと唇を噛んだ。だけどフィンはおかまいなしにそこをぎゅっと押し、小刻みに指を動かした。体中が一度細かく砕かれて、もう一度組み上がっていくような不思議な感触。熟れたそこはますます熱を帯び、中からとろりとしたものが零れ出して下着を濡らしているのがわかった。

「あっ、ああっ……ああっ、や、どこを触ってるの……！」

体を洗う時、触れることはある。だけど、こんな感覚になったことは一度もない。だか

らかきっとフィンは、自分ですら知らないどこかを触っているんだと思った。

「どこを触っているのか知りたいか？」

「え……きゃあっ！」

腿を大きく持ち上げられ、アイリスの体が半分に折れ曲がり、目の前に自分の淫らな場所が現れる。薄い下着はたっぷりと濡れ、その下の赤と割れた形を浮き彫《ぼ》りにしていた。

「あ……やだ、やめて……！」

「だけど、どこを触っているのか教えて欲しいんだろう？」

下着をはぎ取ると、濡れて光るそこが顕《あら》わになった。今まで一度もまともに見たことがない場所を、自分で見るのもフィンに見られるのも恥ずかしいのに、そこを見ている自分の顔まで見られていて、アイリスは恥ずかしさで死んでしまいそうだった。

「あ……恥ずかしい……」

「ここを触ってたんだ。……わかるか？」

前の部分の皮を指で剝《む》き出しにすると、フィンはそこに唇をつけ、強く吸い上げた。

「んんっ……!!」

「ほら、ここだ。見えるか？」

えぐるように舌の先で持ち上げられると、硬く膨れた小さな豆のようなものがはっきりと見えた。

「もっと可愛がってやるからな」

アイリスをさらに恥ずかしがらせようとしているのか、フィンはわざとじゅるじゅると大きな音を立て、そこを舐めている。

幼い頃、遠慮《えんりょ》がちに自分に触れた唇が、今は巧みな動きでアイリスの中から快感を引き出しているなんて、とても不思議な気持ちだ。

フィンの手は昔からこんなに大きかったかしら？　舌はこんなに滑《なめ》らかに動いたかしら？　瞳は妖《あや》しく私を見ていたかしら？

子どもの頃は知らなかったフィンの全てが、アイリスの前に曝《さら》け出されていき、それが快感の一つとなってアイリスの中に広がって行く。

「おまえの体は素直だな。俺の舌にこんなに敏感に応えている」

フィンはアイリスのそこを吸い上げながら、少し意地悪く目を眇《すが》めた。

「あ……気持ち……いい」

てっきり自分の口からは、抵抗する言葉が出てくるんだと思っていた。だけどその予想に反し、アイリスは自分の欲望のまま次々と言葉を吐き出していた。

「あのね、そこ……気持ちいいの。だから、もっと……」

フィンにもっと近づきたい、フィンにもっと触れたい、フィンにもっと触れてもらいたい、フィンの全てが欲しい。

「もっと、お願い……」

甘く囁くような声に興奮したのか、フィンの息が荒くなり、そこを弄る舌の動きが速くなる。

「あ……あ、ああ……」

体を下から強い力で押し上げられているような感覚に息が詰まり、少しでも呼吸をしたくて口をぽっかりと開ける。するとますますいやらしい声が漏れ、その声に自分自身でも興奮してしまう。

「アイリス……んっ……」

時々名前を呼びながら、フィンはそこを貪《むさぼ》るように舐め続ける。体中を刺す棘の、痛みと甘さに翻弄《ほんろう》されながら、アイリスは全てをフィンに委《ゆだ》ねていた。

「あ……あ、何か、変……」

肉体と魂《たましい》がバラバラになり、魂だけ宙に浮き上がるようなおかしな感覚に、アイリスは必死になってそれを留めた。

「……我慢するな」

体の真ん中を熱いものが駆け抜けて行き、折角《せっかく》留まりかけていた魂の浮遊《ふゆう》を後押しする。膝《ひざ》の裏が、腰が、背中が、ガクガクと震え、自分の体を制御することが出来ない。

「そのまま我慢せずに、流されればいい……」

「ああ……もう、あ……ダメ……！」

大きく開けた口からすうっと何かが抜けた瞬間、目の前が真っ白になって、アイリスは大きく背中を反らせていた。

「あ、はあっ……！」

一度抜けた魂は、少しの間ふわふわと漂《ただよ》った後、再び体に吸い込まれていく。白い霧の中から戻ってきたアイリスを、フィンが強く抱きしめた。

「いったのか？」

そう問われても、アイリスには何もかもが初めての出来事で、上手《うま》く答えることが出来ない。だから言葉の代わりにうっとりと息を吐き出すと、フィンの背中に抱きついた。

「……お兄様」

幼い頃からそう呼んでいた。だからアイリスにとってはごく自然で、無意識のうちに出た一言だった。だけどフィンは体を一瞬ぴくっと動かすと、そのまましばらく動かなくなってしまった。

「どうしたの？」

とんとんと軽く肩を叩く。するとようやく体を起こし、少し淋しそうな顔で唇を重ねた。

「今日はここまでにしておこう」

「え……」

当然のようにこの先に進むのだと思っていたアイリスは、拍子抜けしてぽかんと口を半開きにしてしまった。

その顔があまりにも可愛くて、フィンはもう一度軽く口づけをすると、大きな仕草でアイリスの頭を撫《な》でた。

「経験がないのなら、徐々に慣らしていった方がいい」

「そういうもの？」

「そういうものだ」

言い切られてしまい、そういうものなんだと納得すると、アイリスはフィンの首に両腕を回した。

「……大好きよ」

続けて『お兄様』と呼びそうになり、一拍置いて名前を呼ぶ。

「フィン」

取ってつけたような言い方に、フィンは思わず吹き出す。

「ふっ、ははっ、無理をしなくても、兄と呼んで構わない」

「いいの？」

「その方が呼び慣れているだろう？　但《ただ》し、二人きりの時だけにしろ」

「じゃあ、お兄様」

改めて呼ぶと、幼《おさな》い頃の甘酸《あまず》っぱい想いが蘇ってきて、鼻の奥がツンとした。

「大好きよ、お兄様」

何も言わずに微笑むだけのフィンに、一抹《いちまつ》の淋しさを覚えながら、それでも次の瞬間唇に与えられた温もりにほっとしてフィンの指に自分の指を絡ませた。

その時に、ふとあることに気が付いてしまった。フィンの爪の形と自分の爪の形がよく似ていること。そしてそれは、二人の父である伯爵ともそっくりだということに。

また、こうやって近くで見ると、フィンの鼻の形は伯爵に似ている。アイリスの鼻は伯爵には似ていなかったけれど、その代わり、口角の上がった唇はそっくりだと他人からよく言われていた。

これだけ惹《ひ》かれ合ってしまうのだから、血が繋がっていること自体が何かの間違いではないのか。本当は赤の他人で、そんな都合のいい妄想《もうそう》を抱いたこともある。だけど疑いようもなく、二人には同じ血が流れている。

それをはっきりと自覚し、アイリスは苦しさに胸を詰まらせた。

決して実《みの》ることのない恋。裏切ってしまった人たち。婚約者であるスチュアートとのこれからのこと。

この先のことを考えて不安で震える心に気が付かない振りをして、目を閉じた。

第五章　恋と愛のちがい

それから数日、意図《いと》したわけではなく、アイリスはスチュアートともフィンとも二人きりにはなれない日々が続いた。スチュアートは次々に来る伯爵《はくしゃく》の見舞《みま》い人の相手をするのに手いっぱいだったし、フィンは本格的に執事《しつじ》の仕事について勉強を始めたのだ。

それでもフィンは廊下ですれ違う時には一瞬でも口づけをしてくれたし、小瓶の中の花びらは毎日赤く変わっていた。花園《はなぞの》で偶然鉢合《ぐうぜんはちあ》わせるようなことがあれば、すぐさまアイリスを抱き寄せて体中にキスをし、束《つか》の間の逢瀬《おうせ》を愛しんだ。

スチュアートへの罪悪感《ざいあくかん》を抱く一方で、フィンが二人の時間をなんとか作って大切にしてくれていることが心から嬉《うれ》しかった。だけど、フィンはどれだけ情熱的な愛撫《あいぶ》をしても、やっぱり中に入ってくることはなかった。

そんな中、アイリスにとって嬉しい出来事があった。

リットン伯の旧知の仲である、スペンサー伯爵が見舞いを兼《か》ねて娘を連れて城を訪れ、一週間ほど滞在することになったのだ。

「アイリス！　久しぶりね！」

「シャーリー！　会いたかったわ！」

二つのはしゃいだ声が、再会の場となった応接室に響《ひび》く。スペンサー伯の娘のシャーリーはアイリスと同い年で、二人は親友だった。

どこかおっとり、ぼんやりとしているアイリスとは対照的に、シャーリーはよく喋《しゃべ》り、よく笑う、快活で明るい娘だ。

アイリスが咲き初《そ》めの白いバラだとしたら、シャーリーは八分《はちぶ》咲きの赤いバラで、切れ長で伏《ふ》し目がちな目は、ほのかな色香さえ漂《ただよ》わせている。同い年だというのに二人はまるで姉妹のように見えた。もちろん、姉はシャーリーの方である。

「一週間よろしくね」

「ええ、ゆっくりしていってね」

二人は少女らしく、一緒に本を読んだりハンカチに刺繡《ししゅう》をしたり、流行のドレスや恋の話をしたりして時を過ごした。時々、スチュアートも交えて三人でお茶を飲むこともあったが、女の子二人のお喋りにはついていけないのか、途中退席されてしまうこともしばしばだった。

◆　◆　◆

「ねえシャーリー、私たち欲張りすぎじゃないかしら」

「大丈夫、二人ならこれぐらい食べられるわよ」

今日はピクニックをするために、二人で庭へと続く廊下を歩いていた。

ビスケットにチョコレート、タルトにサンドウィッチと、あれこれ迷って、結局全部詰め込んだら、バスケットはもうパンパンになっていた。

「コルセットを少しゆるめてくればよかったわ」

「ふふっ、シャーリーったら、そんな台詞《せりふ》、あなたに憧《あこが》れる殿方が聞いたら、卒倒《そっとう》してしまうわよ」

「別に構わないわ。どうせ、私はまだ結婚する気なんてないんだもの」

シャーリーはその美貌《びぼう》でありながら、特定の恋人がいたことは一度もない。それどころか、シャーリー嬢は男嫌いなのではないのかと噂《うわさ》されるほど潔癖《けっぺき》で、これまで数多《あまた》の男性をつれない態度で泣かせてきた。

兄が一人、姉が二人、すでに結婚していることから、シャーリーの両親も、娘の結婚にはそれほど熱心ではなく、気が向くままに自由にさせているという話だった。

「あなたって、理想が高いのかしら？」

「さあ、そんなこともないんじゃないのかしら。ただ、私に釣り合う男性を見つけることが出来ないだけよ」

「それを理想が高いっていうのよ」

「うふふっ、そうかも！」

笑いながら廊下の角を曲がった時だった。

「あっ……」

向かい側から歩いてきた誰かにぶつかりそうになり、アイリスは慌てて立ち止まった。

「ごめんなさい！」

「いいんですのよ、ぶつかりませんでしたし」

女性はにこやかに微笑《ほほえ》むと、赤い紅《べに》を引いた唇の端を上げた。

その顔と姿を見て、アイリスとシャーリーは同時に息を呑みこんでしまった。

白と黒を基調とした細身のラインのドレスは、女性の腰の細さを一層際立たせ、大きく開いた胸元から覗《のぞ》く胸の膨《ふく》らみは、同性でも思わず目を奪われてしまうほど白く豊かだ。女性のスタイルのよさをこれでもかというほど強調するようにデザインされているドレスなのだろう。その効果は一目瞭然《いちもくりょうぜん》だ。

結《ゆ》い上げた髪から落ちた一房《ひとふさ》の後《おく》れ毛は、うなじのラインの美しさを引き立て、長い睫《まつ》毛《げ》は白い顔に濃く影を落とし、それが憂《うれ》いを帯びた色気を演出している。歳は二人より多少上程度にしか見えないが、この女性に比べてしまったら、シャーリーですらまだ子どもだった。

手に日傘を持っているところを見ると、散歩の帰りだろうか。だけど女性の体からは初《しょ》夏《か》の緑の匂いはせず、その代わり、甘くたおやかな香水の香りがした。

「失礼しますわ」

優雅に軽く首を傾《かたむ》けると、女性は綺麗《きれい》なSの字を描く姿勢《しせい》を維持《いじ》したまま立ち去った。

「どなたかしら……」

伯爵の客人だろうか。アイリスは初めて見る女性だ。

「私、知ってるわ。あの方、貿易で財を成した富豪の末娘よ。南方でとれるとても珍しいスパイスや、東洋の美術品や絨毯《じゆうたん》を扱っていることでも有名ね。だけど、どうしてここにいたのかしら?」

「お父様のお知り合いかもしれないわ。ここ数日、みなさんお見舞いに来て下さったから」

「でも、うちのお父様じゃあるまいし、わざわざ娘を連れて来るかしら?」

シャーリーは興味津々《きようみしんしん》で女性が消えた廊下の向こうを覗き込んでいる。

「とても綺麗な人だったわね」

「そうね、肌も真っ白で透けるようだったわ」

そう言ってからシャーリーは、ドレスの袖から出た自分の無防備な腕を見て呟いた。

「日傘を取りに戻ろうかしら」

「そうする？」

「……やっぱり、面倒だからいいわ！」

「あっ、待ってよシャーリー！」

おどけたように走り出すシャーリーを追いかけるため、アイリスはバスケットを抱え直した。

◆◆◆

「うーん、いいお天気ね！　ほらアイリス、早くそっちの端を引っ張って」

「わかったわ」

せーのでピクニックシートを広げ、その上に次々お菓子や果物を並べていく。それらに埋もれるようにしながら他愛《たあい》もないお喋りをしていると、そこへスチュアートとフィンが通りかかった。

「楽しそうだね」

「あらスチュアート、よかったら一緒にどう？　アイリスの隣を譲《ゆず》ってあげるわよ？」

快活な口調でシャーリーが言うと、スチュアートは軽く肩を上げておどけた様子で答えた。

「遠慮しておくよ。君たちの間に挟まれていたら、そのうち鼓膜《こまく》が破れてしまう」

「主に私の声で、でしょう?」

「ご名答」

「うふふっ」

シャーリーはコロコロと声を上げて笑うと、ふとその後ろに目を移した。

「あら、そちらの方は?」

「ああ、彼はフィンだ。いずれ、僕の執事として働いてもらう男だ」

「まあ!」

名前を呼ばれて歩み出たフィンを見て、シャーリーが感嘆の声を上げる。

稀《まれ》にみるプラチナブロンドへの感動か、フィン自身の造形の美しさへの羨望《せんぼう》か、それとももその両方か。

まだ執事としての服を着ることは許されていないのか、フィンはフットマンの制服を着ていた。ちょこんと結ばれた胸のリボンタイが長身にはあまり似合っていなく、そのちぐはぐさといかにも着せられている感じから、少し可愛く見える。

「初めまして、私はシャーリー。素敵なお方ですのね。それに、とても綺麗な髪。こんなに美しいプラチナブロンドを見たのは初めてですわ」

シャーリーはフィンが城を出て行った後、この城に遊びに来るようになった。なので二人は今日が初対面となる。だからもちろん、フィンがアイリスの実の兄だということも知らなかった。

「お初にお目にかかります。フィン……です、よろしくお願いします」

ファミリーネームを言いかけてやめると、フィンは恭《うやうや》しく頭を垂れた。

「あなたはいつからこのお城にいるの？」

「まだ一ヶ月にもなりませんゆえ、不勉強なことも多い未熟者です。早く立派な執事となり、スチュアート様の支えになるための努力を惜しまぬ所存《しょぞん》です」

「ふふ、真面目な方」

シャーリーがフィンに興味を持った様子なのが、アイリスは気が気じゃなかった。

彼女と比べたら自分はまるきり子どもで、女性としての魅力《みりょく》で勝っているとは言えない。もしも、フィンの方もシャーリーを気に入ってしまったらと思ったら、ヤキモチの虫がチクチクと心をつつき出した。

「ねえ、フィン、よかったら今度……」

「シャーリー!!」

大きな声を出してシャーリーの言葉を遮《さえぎ》ると、アイリスははしたなくもその場で飛び上がるようにして立ち上がった。

「ねえ、向こうの木の上にリスが住んでいるのを見つけたの。一緒に見に行きましょう？」

そして返事も待たずにシャーリーの腕を掴《つか》むと、無理矢理その場から離れてしまった。

「もう、そんなに引っ張らないで、アイリス」

二人の姿が見えなくなるところまで引っ張ると、ようやくシャーリーの腕を放す。

「ご、ごめんなさい、痛かった？」

「痛くはなかったけど、強引だったわ。で、リスはどこにいるの？」

「あ、えっと……」

あんなのは、咄嗟《とっさ》についた嘘《うそ》だ。

アイリスは慌てて辺りを見回すと、木々の陰にリスの姿を探した。

「ごめんね、今は見当たらないわ」

「そうなの？　だったら、もう少しフィンと話がしたかったわ」

戻ろうと踵《きびす》を返すシャーリーに、アイリスは慌てて声を掛ける。

「あ、あのね、シャーリー、フィンはああ見えてとても怖い人なのよ？　すぐに怒鳴るし、女性に手だって上げるわ」

事実無根《じじつむこん》の、フィンを貶《おとし》める嘘を、アイリスはムキになって並べた。

「とても野蛮《やばん》で、靴を履《は》いたまま平気でテーブルの上に足を上げるわ。それから好き嫌いだって多いし、チェスは下手だし、シャツのボタンをよく掛け違えるわ。しかも靴の紐は結ぶとすぐに縦になってしまうの」

そのうちのいくつかはフィンが人には秘密にしておきたい本当のことだったが、アイリスはもちろんそんなことは知らない。

「まあ……なんだか、見た目と印象が違う人ね」

シャーリーは呆れたように口元を押さえた。

「そうよ、だからフィンには近づいたらダメ。気を付けて、ね？」

人差し指を立てて言い聞かせるアイリスに、シャーリーは最初こそ神妙《しんみょう》な顔で聞いていたものの、その唇の端は徐々に上がっていき、やがて笑い声が漏《も》れ出した。

「ふっ、うふふっ、ふふふっ！」

とうとうシャーリーは、堪《こら》え切れない様子でおなかを抱えて笑い出した。

「ど、どうしたの？」

「うふふ、ふふふっ！　なんでもないわ、アイリス」

目の縁《ふち》に滲《にじ》んだ涙を指で拭《ぬぐ》い、まだ笑いの収まらない声でシャーリーが答える。

そして散々笑い転げた後、大きな木の幹に寄りかかり、横目でアイリスを見た。

「あなたって、とても単純ね」

「え……」

「あなたのそういうところ、嫌いじゃないわ」

「な、何が？」

「秘密よ」

「え……ちょっとシャーリー、教えてよ」

「教えない！」

逃げるシャーリーを追いかけて、アイリスも走り出す。

午後のうららかな陽が差し込む庭には、いつまでも二人の愛らしい声が響いていた。

◆　◆　◆

楽しい時間はあっという間に過ぎていく。

シャーリーが帰ってしまう前の晩、二人はアイリスの部屋のベッドで枕《まくら》を並べていた。

「次に会うのは結婚式かしら。だけどなんだか変な感じ。アイリスが夫人と呼ばれるなんて似合わない気がするもの」

長い紅茶色の髪を編《あ》みながら、シャーリーは口元だけで笑ってみせた。

「あら、それは私が子どもっぽいって言いたいの？」

「そうね、子どもっぽいって思ってたわ。今回、ここに来るまでは」

歳の離れた妹にするように、シャーリーはアイリスの膨らんだ頬をつついた。

「あなた、随分《ずいぶん》と大人っぽくなったわ。それから、色気も出てきた」

「え……」

すぐに思い出したのは、フィンの唇の熱や、指で肌をなぞられた感触だった。

「スチュアートに抱かれたの？」

歯に衣《きぬ》着せぬ物言いに、アイリスは耳まで真っ赤になってしまった。

「ち、違うわ、スチュアートとは、そんな……」

「ふーん、違うのね。じゃあ、フィンの方かしら」

「え？」

「あなた、あの人のことが好きなんでしょう」

「え、ど、ど、ど、どうして!?　そんなわけないじゃない、彼は、彼は……！」

『お兄様だから』と言いかけて、一旦口を噤《つぐ》む。

「か、彼は執事よ。私とじゃ釣り合わないわ」

「そのセリフ、あなたには似合わない」

呆れたように、シャーリーが肩をすくめる。

「あなたみたいな素直な子が、人を好きになるのに地位や立場に左右されるはずないじゃない。そんな理由で私の目を誤魔化《ごまか》せるとでも思ったの？」

「あ、あ、あ、私は……」

頭が真っ白になって次の言葉が出て来ないアイリスをよそにシャーリーが続ける。

「大丈夫、スチュアートは気が付いてないわ。彼は人を疑うことを知らない人間だもの。きっと、あなたよりもずっと純粋で真《ま》っ直《す》ぐな人よ」

シャーリーは少しつまらなそうに、三つ編みの先を指に絡ませ、唇を尖《とが》らせた。

「私、スチュアートのこと好きだったのよ」

「ええっ！」

アイリスは抱いていた枕を放り投げてしまうぐらい驚き、シャーリーの顔を見た。今日は一日、驚いてばかりで心臓の休む暇《ひま》がない。

「いやね、大袈裟《おおげさ》に驚かないで。子どもの頃の話よ。それにスチュアートを好きな女の子なんてたくさんいたでしょう？　私もそのうちの一人だっただけのことよ」

「全然気が付かなかったわ」

「相手にされないことはわかっていたから、おくびにも出さなかっただけよ。何しろ、スチュアートは昔から、あなたしか見ていなかったんだから」

「それは、私たちは兄妹だから……」

「そうよね、子どもの頃はあなたたちは確かに兄妹だったのに」

そう、そうなのだ。

三年前までスチュアートとアイリスは義理ではあったが確かに兄妹で、アイリスにとっては離れて暮らすフィンの方が、むしろ赤の他人のような存在だったのだ。

「あなたたちが婚約した時、本当のことを言うと驚いたのよ。血が繋《つな》がらないことは知っていたけど、まさか恋愛関係にあるとは思わなかったから」

「恋愛、関係……」

反芻《はんすう》してみたけれど、アイリスにはそれがどこか他人事のように感じられた。

「私とスチュアートは、いつから恋愛関係になったのかしら」

その独り言を、シャーリーはもちろん聞き逃してはくれなかった。

「今思うと、スチュアートは昔からアイリスを異性として好きだったように思えるわ。だって、さっきも言ったけど、スチュアートは本当にあなたしか見ていなかったのよ？」

「そうだったかしら……」

「ええ、そうよ。だけどあなたは違ったみたいね。他の女の子がスチュアートに近づいても、フィンの時みたいにムキになって追い払ったりしなかった。婚約をした今だって、スチュアートを異性として意識しているようには見えないわ」

「シャーリー、私。私は……」

言い訳の言葉を必死で探すアイリスの頬に、シャーリーの手が触れる。

「スチュアートのこと、傷つけないで」

「シャーリー……」

「スチュアートなら、あなたのことを絶対に幸せにしてくれるわ。だから、あなたも彼を幸せにしてあげなさい」

親友を哀《かな》しませることは出来なくて、アイリスは微笑むと頷《うなず》いた。

そう、スチュアートと一緒なら、絶対に幸せになれる。

そんなこと、わかっていた。

◆　◆　◆

次の日、スペンサー伯の馬車の前には、スチュアートとシャーリーが立っていた。

伯爵はもう馬車に乗り込み、出発の時間を待っている。

「アイリスは何をしてるんだろう」

「私に渡したいものがあるって言ってたわ」

「部屋にいるのかな?　見て来るよ」

「そのうち来るわ、大丈夫よ」

そう言っても、スチュアートはそわそわしながらエントランスの扉の奥を覗き込んでいる。本当に昔から、アイリスしか目に入っていない人だと、シャーリーは内心苦笑いした。

「ねえスチュアート、恋と愛の違いって何なのか知ってる?」

「え……?」

突然の質問に、スチュアートは目を丸くした。

「さあ……そんなこと考えたこともなかったけど」

「じゃあ、教えてあげる。恋心は異性にだけ抱くもので、愛情は誰にでも与えられるものなのよ」

得意げな顔でシャーリーが説明しても、スチュアートはなぜこんな話をするのか、理由がわからず困惑《こんわく》するだけだった。

「お待たせ、シャーリー!」

エントランスから息せき切って、転がるようにアイリスが走ってきた。その手には小さなカードのようなものを握っている。

「これをあげたかったの」

手渡されたのは、赤いバラの花びらを押し花にして作った栞《しおり》だった。

「これを持っていると、恋が叶うのよ」

それは、花園《はなぞの》で妖精《ようせい》が悪戯《いたずら》した花びらのうちの一枚だった。アイリスはそれを乾燥《かんそう》させて、ポプリにしたりこうやって押し花にしたりして大事に保管していた。

「恋が、ねえ……」

　ジロジロとそれを眺め、シャーリーはくすっと小さく笑うとそれをスチュアートに渡した。

「あげる」

　戸惑いの声を上げたのは、スチュアートよりアイリスの方が先だった。眉をしかめ、哀しそうに首を傾げる。

「もしかして、気に入らなかった?」

「違うわ。だけど、これが必要なのはスチュアートの方だと思うから」

「僕……?」

　よくわからないままスチュアートがそれを受け取ると、シャーリーは満足そうな顔で馬車へと乗り込んだ。

「またね」

「ええ、またね……!」

　アイリスが淋しそうな顔で手を振り、走り出した馬車の後ろを追いかける。だけどすぐに距離を離されてしまうと、諦めて立ち止まった。アイリスのその後ろ姿を見つめながら、スチュアートは栞を握りしめた。

「お帰りになったのですね」

「ああ……フィン……」

すっと、隣に並んだフィンの横顔と、アイリスの後ろ姿を見比べた後、微笑む。

「これから、一緒にお茶を飲まないかい？」

◆
◆
◆

本来なら、執事が主と並んでお茶を飲むなど考えられないのだが、まだ就任前であることと、スチュアートの強い誘いがあり、フィンもそれを甘んじて受けた。だが、アイリスとの秘密の関係のことを思うと内心あまり居心地《いごこち》がいいものではなく、フィンはなるべくスチュアートの顔ではなく、その下に並ぶシャツのボタンばかり見ていた。

一方でスチュアートは、メイドが淹《い》れた紅茶にミルクを注《そそ》ぎカップを持ち上げるという、フィンの些細《ささい》な動作が流れるように美しかったのを見て、やはりこの人は貴族の生まれなんだと改めて思った。

「城が静かになりましたね」

静かにカップをテーブルに戻し、フィンが息をつく。

「そうだね、父上の見舞いが一段落ついたこともあるけど、やはりシャーリーが帰ったことが大きいね」

「アイリス様はシャーリー様がいらっしゃって、本当に楽しそうでしたね」

「……ああ」

頷くスチュアートの返事は浮かなくて、顔色もどこか冴《さ》えなかった。

「如何《いかが》なさいましたか？」

「最近のアイリスを見て、君はどう思う？」

「どう、と仰いますと？」

フィンはあくまで冷静に、さして興味もないような顔で答える。

「最近、彼女がそっけなくてね。お茶に誘っても断られてばかりだし、抱きしめようとすれば誤魔化してすり抜けてしまう」

「疲れているのではないのでしょうか」

抑揚《よくよう》のない声で言葉を紡《つむ》ぐフィンだったが、背中に嫌な汗が一筋垂れていることは自分でもわかっていた。だけどスチュアートはそんなフィンには気が付かない様子で、自嘲《じちょうぎ》気味《み》に唇を歪めた。

「いや、彼女は僕との結婚に消極的なんだろう」

「そうでございますか？」

「フィンから見て、アイリスは僕を好きだと思うかい？」

あまりにも率直な質問に、フィンは一瞬喉を詰まらせた。

「さあ、正直に申し上げますと、私にはよくわかりません。お二人でいらっしゃるところをじっくりと拝見したわけではございませんし」

「……そうか。僕は、アイリスは僕のことを好きじゃないんじゃないかって思ってるんだ」

「なぜそのようなことを?」

「人として好かれているとは思う。だけど、異性として……男として好かれているのかどうか疑問に思うことは昔からあった」

何も答えることが出来ず、フィンはくすんだ琥珀《こはく》色の海に一杯の砂糖を入れると、金のスプーンでくるくるとかき混ぜた。

「もしも」

琥珀色の中に映る、自分の瞳を見つめながら、フィンは静かに尋ねた。

「もしも、それが事実だとしたら、どうされるおつもりですか?」

今度はスチュアートが砂糖を入れ、紅茶をかき混ぜ始めた。そして表面が穏やかになるのを待つと、カップを持ち上げて湯気《ゆげ》の中で屈託《くったく》ない笑顔を見せた。

「僕なりに、アイリスが幸せになる道を探すつもりだよ」

泣きたくなってしまったのは、なぜかフィンの方だった。

第六章　離れられない想い

その日の夜のことだった。

お風呂から上がり、レモンを浮かべた炭酸水《たんさんすい》を飲みながら、アイリスはメイドに髪を梳《す》いてもらっていた。

「まあ、じゃあ明日は噂《うわさ》のチェリーパイを食べられるのね」

「ええ、たっぷりと持って帰って来てくれるらしいですよ」

「ふふ、楽しみだわ」

アイリス付きのメイドの一人が、先週から休暇《きゅうか》を取って実家に帰省していて、丁度《ちょうど》明日は彼女が城に戻ってくる日だ。彼女の母親が作ったチェリーの砂糖漬《づ》けは絶品で、それを使って作ったチェリーパイは、夢のような味がするとの評判だ。それを聞いたアイリスがねだったところ、快《こころよ》くチェリーの砂糖漬けをお土産《みやげ》に持って帰って来ることを承諾《しょうだく》してくれた。

「明日のお茶の時間には、是非《ぜひ》お母様もお呼びしないと。ああ、シャーリーが帰ってしまったのがとても残念だわ」

その時だった。

「アイリス様、伯爵《はくしやく》様が！」

悲鳴にも似た声を上げながら、メイドが部屋に飛び込んできた。

動転したアイリスの手から離れたガラスのコップが、床に落ちて割れた。

◆◆◆

「ああ、あなた、気をしっかり持って！　大丈夫、きっと助かりますわ！」

駆け付けた伯爵の部屋で見たのは、ベッドに横たわる伯爵にすがるシルヴィアと、神妙《しんみよう》な顔でそれを見るスチュアートとフィンの姿だった。

「お父様！」

「ああ、アイリスか」

思いの外《ほか》元気な声に、走り出していたアイリスの体が前のめりになって止まる。

「お、お父様？」

「父上なら大丈夫だよ。階段で少し躓《つまず》いただけなんだから」

「それを見たメイドが、私が眩暈《めまい》で倒れたと勘違いしたのだ。心配をかけて本当に申し訳なかった」

気まずそうな顔で伯爵が頰《ほお》をかく。

「何を仰《おつしや》るの！　大事なお体なんですから、怪我《けが》一つでもないがしろにしてはいけませんわ！」

わんわんと泣き喚《わめ》くシルヴィアに、伯爵は少し照れくさそうに笑った。

「ああ、わかった。だからもう泣き止んでくれ。この通り、私は元気だよ」

「もう、本当に伯爵様。心配かけないで下さいませ……」

アイリス、フィン、スチュアートの三人は顔を見合わせると、人騒がせな夫婦を置いて部屋を出た。

「ご無事で本当によかったわ」

「そうだね」

「私はこれで」

今まで黙って二人の後ろに立っていたフィンが、一礼をすると歩き出す。自分の部屋に戻るのだろう。

『部屋まで送るよ』

てっきりスチュアートからそう言われると思ったのに、彼はあっさりとアイリスに背中を向けた。そして顔だけで振り返ると、ふっと口元だけで小さく笑った。

「おやすみ」

「……おやすみなさい」

その背中を追いかけることはせず、アイリスも肩に掛けていたショールを直すと、自分の部屋に向かって歩き出した。

部屋に戻るとアイリスは、天窓から注《そそ》がれる星の光のシャワーを眺《なが》めながら、ベッドに体を横たえていた。

お風呂から出てしばらく経つが、体からはまだほのかに石鹸《せっけん》の香りがする。パウダーをはたいた肌はさらりと手触りがよく、誰のためでもなく磨《みが》いた肌だったけど、勝手に誰かの温もりを求めて疼《うず》いていた。

「……はあ……」

ため息をついて、大きく一回、瞬きをしたら、睫毛《まつげ》の先で星が揺《ゆ》れた。

――スチュアートを傷つけないで。

シャーリーの一言が頭の中にこだまする。

親友の一言は、大きな杭《くい》となって心に刺さり、そこから少しずつ錆《さび》を浸食《しんしょく》させていった。スチュアートが気が付いていないだけで、きっともう、かなり深くまで傷つけている。

このままではいけない。

今日はメイドの勘違いで済んだが、伯爵だっていつどうなってもおかしくない状況だ。このままでは色々な人を傷つけてしまう……。

そう思った時、ノックの音がした。

「アイリス、いいかい？」

扉の向こうから聞こえた声が、すぐにスチュアートのものだとわかると、アイリスはショールを羽織って扉を開けた。

「こんばんは、アイリス。綺麗《きれい》な星の夜だね」

さっき別れたばかりなのに、今日初めて会ったような挨拶《あいさつ》をするスチュアートに、アイリスの唇からは自然と笑みが零《こぼ》れた。

「そうね、本当に綺麗な星だわ」

「入ってもいいかい？」

「ええ……」

部屋に入ると、スチュアートはソファーに、アイリスはベッドの上にそれぞれ座った。

スチュアートは何をするでもなく、何を言うでもなく、軽く足を組んでアイリスのことをじっと見ている。

その視線の熱で、心の中の錆がまた少し広がって行くのを感じながらアイリスは、わざと所在なげな顔をして、足をブラブラさせたり、天窓から星を眺めたりしていた。

「綺麗だね」

「そうね」

星のことだと思ったアイリスは素直に頷《うなず》いた。

「君のことだよ」

「え……」

立ち上がり、ゆっくりとした足取りでスチュアートが近づいて来る。

一歩近づいて来るごとに心臓は大きく跳《は》ね、目の前に立たれた時にはもう、心臓が口から飛び出しそうなほど、鼓動《こどう》は速くなっていた。

「こうやって二人きりで話すのは久しぶりだね」

「ええ……」

スチュアートが隣に腰かけることにより、アイリスの体が少し傾く。いつもだったら笑いながら抱きしめてくれるのに、今日のスチュアートはそれをしなかった。

「手に触れてもいいかい?」

虚《きょ》を衝かれて顔を上げると、そこにはいつもと何も変わらない、優しく微笑《ほほえ》むスチュアートの顔があった。

だけど、いつもとは確実に何かが違う。アイリスに、触れてもいいかなどと聞いたのは、これが初めてだ。

戸惑《とまど》いながら手を差し出すと、スチュアートはまるでガラス細工でも扱うようにそれに触れた。

「……愛してるよ、アイリス……」

「……」

アイリスの唇から緊張の吐息《といき》が零れる。

もしも……もしも、今ここでスチュアートが自分を欲しいと言い出したなら、自分はどうするのだろう。

そんな考えがアイリスの脳裏《のうり》をよぎる。

いっそここで抱かれてしまえば、実の兄との不毛な恋に決着をつけられるのではないだろうか。

「結婚式のことだけど、少し延期しようか?」

思いがけない一言に驚いて目を丸くする。

「今日、シャーリーから恋が叶《かな》うおまじないのかかった栞をもらった時に思ったんだ。君は僕を愛してるかもしれないけど、恋はしてくれてないとね」

「僕は君と恋をしたい。そして恋人同士として結婚をしたい」

「愛と、恋？」

「で、でも、お父様が……」

「父上の体だったら大丈夫。先日主治医からも、あと三年は十分に生きられると太鼓判《たいこばん》をもらったばかりだ。三年あれば、もう一度僕と恋が出来るかもしれない」

「スチュアート……」

「今、僕たちは婚約者であっても恋人同士じゃない。だから、僕は君の恋人になりたい」

スチュアートはぎこちない仕草でアイリスの唇の先に人差し指で触れた。

「僕たちが初めてキスをした時のことを、君は憶《おぼ》えているかい？」

「え、キス……？」

そういえば、スチュアートと気軽にキスをする関係になったのはいつだったのだろう。三年前に婚約してからだということは確かなはずなのに、きっかけを思い出すことが出来ない。

フィンとの初めてのキスはあれほどはっきり憶えているのに……。

「憶えてないって顔だね」

「え、あ……私……」

「恋人同士になるには本当はきっと、もっと色々な感情を経験してこなければいけなかったんだ。目が合い、手が触れ、些細《ささい》な仕草にまで意味を求め、心と心が通じ合ったら、今度はいつ相手に触れていいのかということで真剣に悩む。こんなに近くにいたのに、僕と君はそういうことをしてこなかったね」

「……それは、婚約者だったら当たり前でしょう……？」

恋愛は、結婚してからでも出来るものだと思っていた。シルヴィアだって恋愛の末に伯爵と結ばれたわけではないが、今では伯爵を心から愛し、とても幸せそうに見える。結婚とはそういうものなんだと、アイリスは信じて疑わないでいた。

だけど、それは結婚が決まってから生活を共にし始めた場合のことなのかもしれない。アイリスとスチュアートは、長いこと、同じ時間を共有してきた。本当に好きならば、自然と恋愛感情を育《はぐく》んでいてもおかしくなかった。

兄妹として育ってきたからという言い訳はここでは通用しない。アイリスは幼い頃、兄として育ってきたフィンに対し、確実に恋心を抱いていたのだから。

「これは僕の我儘《わがまま》だ」

少年のように無垢《むく》な笑顔が、今のアイリスには眩《まぶ》しくて少し痛い。

「君が僕に恋するまで、僕は君に触れない。これが僕の君の愛し方だ。受け入れてくれるかい？」

あまりにも優しすぎる言葉に涙が溢《あふ》れる。

こんなにも自分を愛し、大切にしてくれている人が傍《そば》にいるのに、どうしてこの人じゃダメなんだろう。

「泣かないで、アイリス。君を泣かせたくてこんなことを言ってるんじゃないんだ」

「ごめんなさい、私が悪いのよ。全て私が……」

「違うよ、悪いのは君だけじゃない。さっきも言った通り、これは僕の我が儘なんだ。君をただ花嫁にするだけじゃ気が済まない、僕の自分勝手なんだよ」

「そんなこと……」

「僕の提案を必ずしも受けなくてもいい。少し、考えてみてくれ」

まだ涙が止まらないアイリスの頭を撫《な》でかけて、スチュアートは直前で触れるのをやめ、手を引っ込めた。

そして座った時と同じように、ゆっくりとベッドから立ち上がると、振り向くことなく部屋から出て行った。

「……うっ……ううっ……」

優しい人を傷つけている自分がたまらなく嫌で、自由にならない心が悔しくて、涙が溢れて止まらない。

アイリスは自分の胸元に右手を添えると、ぎゅっと強く握った。今ここで心を抉《えぐ》り出すことが出来たら、迷わず自分の手で潰してしまうのに。こんな醜《みにく》い心、自らの手で葬《ほうむ》ってしまうのに。

顔をショールで覆《おお》い、溢れる涙をなんとか止めると、アイリスはドレッサーの鏡を覗《のぞ》き込んで軽く髪の乱れを直した。

そして静かに扉を開けると、誰もいない夜の廊下へと出た。


今度こそノックをすると、返事はすぐに帰ってきた。

「入っていいぞ」

こんな夜中に部屋を訪ねてくるのが誰なのかわかっているのだろう。気安い返事に、アイリスは遠慮なく扉を開けた。中では部屋着に着替えたフィンが、ベッドに足を投げ出し、本を開いていた。

傍《かたわ》らのサイドボードには、背の低いグラスに入った透明の液体と、武骨《ぶこつ》なフォルムの瓶が置いてある。

「何を飲んでいるの?」

「ウォッカだ」

「ウォッカ……?」

その酒の名を知ってはいたが、アイリスは一度も口にしたことがない。

アルコール度数が高いため、ワインなど風味を楽しむものとは違い、てっとり早く酔える酒という印象を持つ者も多い。そのためこの国では野蛮《やばん》な酒とされ、貴族でたしなむものはほとんどいない。実際、レストランなどでも扱っている店はまずなく、荒くれ者が集まる場末のパブでしか飲めないと言われていた。

「ウォッカなんてものを飲むのね」

無意識のうちに蔑視《べっし》するような言い方をしてしまったアイリスに、フィンはニヤリと笑うとそれを一気に呷《あお》ってみせた。

「寮《りょう》生活で覚えさせられた」

「寮？　士官学校で？」

「いや、その前だ」

「え……？　だけど、お兄様が通っていたのは、屈指《くっし》の名門校だったはずでしょう？」

「大勢の人間が一堂に会して、そこに善人しかいないと思うか？　中には悪いヤツだって少なからず紛《まぎ》れている」

勉強は家庭教師に教わり、学校という場所に行ったことがないアイリスにとって、フィンの言葉は想像がつかないことだった。

「困ったことに、俺が通っていたのはバカなヤツは入れない学校だった。おまえにはわからないだろうが、頭のいい悪人ほど、性質《たち》が悪いものはないいんだぜ」

酒が回っているのか、フィンの口調はいつになく荒い。

「俺の髪の色は座っていても目立つ。入学早々、嫌なヤツらに目をつけられて、いきなり吊るし上げられた」

「……何をされたの？」

コクンと、小さくアイリスの喉《のど》が鳴った。

「そのままだ。何発も殴られて縄《なわ》で縛られ木に吊るされた」

アイリスの口から小さな悲鳴が漏《も》れる。

「そういう連中に限って、爵位《しゃくい》が高かったり富豪の息子だったりするから教師たちも見て見ぬ振りをする。俺は自分の身を守るために、連中の仲間になることにした」

再びグラスにウォッカが注がれる。少し離れた場所にいるアイリスにまで、強いアルコールの臭いが漂《ただよ》ってきた。

「酒、煙草、喧嘩《けんか》……それ以外にも勧められればなんでもやった。いつしか俺は連中より背が伸び、腕っぷしが強くなり、気が付けば一番の悪人になっていた」

その頃のことを思い出したのか、喉の奥で押し殺したようにククッと笑う。

「それでも、もしもの時のために体裁《ていさい》だけは保っておきたくて、勉強だけは熱心にしていた。お陰で、成績はいつもトップだった」

「もしもの時って？」

それに対する答えはなく、その代わり長い手がアイリスに向かって伸ばされた。

「来い」

一瞬の躊躇《ためら》いの後、アイリスはすぐに歩みを進めると、フィンの隣に腰かけた。

アルコールの匂いは一層強くなり、それだけで酔ってしまいそうだ。

「長い髪……」

何がそんなにおかしいのか、クスクスと笑いながらフィンがアイリスの金髪を指に巻きつけ、耳元で囁《ささや》く。

「おまえは可愛いな」

鼻の先でツンッと耳の穴をつつかれて、体中に心地よい鳥肌が立つ。

「こんなお酒を飲んでいるところを見つかったら、お父様に怒られてしまうわよ？」

たったあれだけのことで感じてしまったことを知られたくなくて、アイリスはわざと大袈裟に怒った顔をするとフィンからグラスを取り上げてしまった。

それに今言ったことは嘘ではない。貴族が飲むにふさわしくないことを除いても、伯爵がいい顔をするはずがない。何しろこの地方はワインの生産で潤《うるお》っていて、それに感謝してか、伯爵自身も普段はワイン以外のアルコールは一切口にしないのだから。

「どうせならワインを飲んだらいいんだわ。それなら私だって少しは付き合えるもの」

「ワインなんて酔えない酒、ちまちま飲めるか」

グラスを奪い返して一口含むと、フィンは勢いのままアイリスを押し倒し、口移しでそれを流し込んできた。

「んっ！」

口の中が焼けるように熱くなり、その熱は喉から胸へ、胸からおなかへとゆっくり落ちて行く。

「こほっ、こほっこほっ……！」

たった一口飲んだだけなのに、体の真ん中に火が灯《とも》り、頭の天辺《てっぺん》まで一気に熱を持つ。

「どうだ、野蛮な酒の味は」

「熱い……」

目の前はぽやっと霞《かす》み、まるで夢の中へと落ちてしまったみたいだ。

「たまには悪くないだろう？」

「ん……」

もう一口流し込まれると、アイリスは舌を差し出してそれを受け入れ、飲み込んだ。

絡まる舌が熱いのか、アルコールのせいなのか、どちらかはわからないけど体の熱はどんどんと上昇し、ふわふわと気持ちよくなってくる。

こんなお酒を飲んだと知られたら、お父様に怒られてしまう。

だけど、少し悪いことをしているという後ろめたさが、却《かえ》ってアイリスの気持ちを昂揚《こうよう》させていた。

「もしも、おまえにまた会える日が来たら……」

アルコールの臭いを吐き出しながら、フィンがアイリスの唇を貪《むさぼ》る。

「おまえに再び会えた時、失望されたくなくて……。とっくに失望されるようなことをしていたくせに、それでも自分の中で、おまえに対して取り繕《つくろ》いたくて……」

「ん、お兄様……はあ……」

「一生会えないかもしれないと思っていた。それでも、もしも、もしもまた……会えたら……」

唇を離し、フィンの瞳が真《ま》っ直《す》ぐにアイリスを捉える。その顔はとても真剣で真摯《しんし》で、酔った振りをして本音を吐露《とろ》しようとしているようにしか見えなかった。

「執事として呼び戻された時、最初は断るつもりだった。だけど城に戻ればまたおまえに会える……。この機会を逃したら、本当に一生会えないかもしれない」

アルコールでくるくる回る頭でも、フィンの言葉はアイリスの奥までしっかりと染み込んでいく。

「おまえに婚約者がいることもわかっていた。おまえの幸せな姿を見ればきっと諦められるだろうと思っていた。だけど、やっぱり無理だった……」

もしかするとフィンの目には、アイリスはそれほど幸せそうに映っていなかったのかもしれない。スチュアートと結婚することの迷いを、どこかで感じ取ってしまったのかもしれない。

「諦めなければおまえを不幸にしてしまうのに。ダメなんだ、心が勝手におまえを求めてしまう。愛しくて、抱きたくて、壊れてしまいそうになる……」

「お兄様……！」

アイリスは自分から唇を重ねると、自ら舌を差し込んでフィンの舌を吸い上げた。

この部屋を訪れたのは、もうこういう形では会わないと告げるためだった。

だけど本人を目の前にしてどうしてそんなことが言えよう。

アイリスの心だって強くフィンを求め、愛して止まないのだから——。

「抱いて下さい、お兄様。強く、激しく……」

「アイリス……」

ナイトウェアの肩をするりと落とされ、そこをあたたかい舌が這《は》い、強い酒の回った体が敏感に快感を拾う。

「あ、はあ……」

艶《なま》めかしい声に誘導されるように唇が下り、胸の膨《ふく》らみや形を確かめるように舌が動いた後、天辺にちゅっと吸い付いた。

「んふっ……」

「いつもより体が熱いな」

そう言うフィンの舌もいつもより熱く、わざと肌を濡らすように唾液《だえき》を胸に垂らしながらしゃぶりついてくる。

「もっと熱く、溶けるぐらいに熱く……」

グラスのウォッカを胸の間からへそにかけて細い帯のように零すと、フィンはそれを唇で丁寧《ていねい》に拭《ぬぐ》った。

「はあ……気持ちいい……」

「そうだな、気持ちよさそうだ……」

嬉しそうに笑いながら衣服を全てはぎ取り、アイリスを生まれたままの姿にすると、フィンはそれを眩しそうに見下ろした。

「この体、全て俺のものになればいいのに……」

両脚を持ち上げられ、腿《もも》の間にフィンが顔を埋める。

膝《ひざ》の裏から腿の付け根まで何度も何度も往復して執拗《しつよう》に弄《いじ》られて、なぜかまだ一度も触れられていない場所が熱く疼《うず》き出す。

「濡れてる」

「あっ……」

笑い混じりに言われた言葉の意味がすぐにわかったアイリスは、膝を閉じようとした。

だけどフィンの手は強く足を押さえつけていて、それを許してはくれない。それどころかそこを指で押し広げて、ほくそ笑みながらアイリスに説明した。

「濡れて光ってるな。それから、おまえが一番気持ちいい場所が、もう膨れて硬くなってる。あと、入り口がひくひくと小さく動いてる」

「やめて、そんなの説明しなくていい……」

両手で顔を覆い、恥ずかしそうに身を捩るアイリスを、フィンが愛しそうな、だけどどこか悪戯《いたずら》めいた目で見つめる。

「舐《な》めて欲しいか？」

恥ずかしがって何も言わずに唇を噛《か》む姿も、フィンの欲望に火を点けただけだったようだ。ますます意地悪く目を細めると、膨らんだ部分にふっと息を吹きかけた。

「あんっ！」

「舐めて欲しくないのか？」

「あ……」

「ほら、ちゃんと言うんだ。どうして欲しいんだ？」

「……舐めて」

「どこを？　もっとちゃんと伝えるんだ」

「アイリスの恥ずかしい場所……お兄様に舐めて欲しい……はあっ……！」

最後まで待てなかったかのように、フィンがそこにキスをした。待ち焦《こ》がれていた快感に、アイリスの体の奥が渦《うず》を巻く。その渦に巻き込まれるまま、アイリスは淫らな声を上げた。

「はあっ……！　あ、気持ちいい……あんっ、あ！」

「どんなに乱れてもおまえは本当に綺麗だな……」

「んっ……お兄様、もっと、もっと……！」

もっと、この先に……。

感情のままに突き進んでしまえば、煩《わず》らわしいことは全て捨て去って、思い切りフィンの腕の中に飛び込める。

「お兄様の、欲しい……。今日はちゃんと、最後まで、して……」

「……」

何も答えず、フィンはきゅうっと硬い場所を吸った。

「はあっ……！」

目の前が大きく揺れ、遠い場所に連れて行かれそうになるのを必死で堪《こら》える。ここでいってしまったら、すぐにやめられてしまいそうで怖かった。

「あ、はあ……お兄様入れて、お願い……」

ねだる言葉を無視して、フィンはそこを強く弄り、アイリスの防波堤《ぼうはてい》を壊そうとしている。波はどんどん大きくなり、あと少しで全てを押し流そうとした時、アイリスの頬を涙が伝った。

「あ、やだ……お兄様。入れて、ねえ」

とうとう泣き出してしまったアイリスに、フィンは唇を離すと、大きく息を吐き出した。

「酔っているのか?」

「酔ってるわ。だけど、その勢いで言ってるんじゃない。お兄様のことが、心から欲しいの……」

フィンが中にまで入ってこない理由を、アイリスはもうわかっていた。

徐々に慣らすという段階はとうに過ぎ、その言い訳はもう通用しない。

フィンはこの関係が壊れ、アイリスがスチュアートの許に帰った時のことを考えて、体に取り返せない傷をつけることを拒《こば》んでいる。そして最後まで抱いてしまったら、何がなんでもアイリスを独り占めするために、地獄の底へだって身を投げ出す覚悟が出来てしまうと考えているのだろう。

涙に濡れたアイリスの瞳を見て、フィンの心の中でも激しいせめぎ合いが起きていることを、揺れる瞳が証明していた。

このまま最後まで抱いてしまいたいという欲望と、愛しい人の人生を狂わせてはいけないという理性。後者の方はもう、薄い氷のように脆《もろ》く、いつ砕《くだ》けてもおかしくない状況のように見える。

「……アイリス」

ため息混じりに囁き、自分も全てを脱ぎ去ると、フィンはアイリスを後ろから抱きしめ膝にのせた。

熱い何かがアイリスの濡れた場所にあてがわれ、アイリスの体が期待に震える。あてられたものをちゃんと見ることは出来なかったが、それがとても大きくて硬いということは感覚でわかった。

「俺もおまえの全てを欲しいと思ってる」

耳を甘く食《は》まれ、両手で胸を持ち上げられる。

「だったら、早く……」

アイリスは大胆にもそれを擦りつけるように腰を動かした。

「俺が全てを手に入れたら、もう引き返せなくなる。それでもいいのか?」

アイリスは間を置かずにすぐに頷いた。

心はもう引き返せないところまで来ている。だったら後は、『事実』に後押しをしてもらうだけだ。

「アイリス、俺は、俺はおまえを……」

熱く囁き腰を強く摑まれ、アイリスは次に襲ってくる痛みを覚悟して目を瞑《つむ》った。だけどフィンのものは入り口を通り過ぎると、そのまま前へと滑った。

「あ……お兄様……？」

「アイリス……」

「あっ……！」

脚の間に挟まれた熱い塊が、アイリスの敏感《びんかん》に膨らんだ部分から入り口の表面にかけてを擦る。

「あ、お願い、中に……あ……」

「……出来ない」

フィンの中で最後に勝ったのは、僅《わず》かに残っていた理性の方だったようだ。

「いや、お兄様。ちゃんと、中に……」

「ダメだ、俺たちは……兄妹だ……」

「あっ、はあっ……！　あんっ、んっ」

指が伸びてきて硬い場所をぎゅっと押した。アイリスの体は敏感に反応し、真ん中から頭の天辺までを何かが押し上げる。アイリスはフィンの腕にしがみつくと、揺さぶられるまま腰を動かした。

「あ、や……いく、いっちゃう……」

絶頂を我慢しようとすると脚は自然と閉じてきて、フィンのものを強く締め付けるような格好になってしまう。アイリスから流れ出た愛液がフィンの先から零れた雫《しずく》と混じり合って、滑《なめ》りを滑らかにする。

脚の間でフィンのものが一層大きく硬くなったのがわかり、それが興奮と快感を煽るエッセンスの一つとなっていた。

気持ちがいいのか、フィンからも艶めかしい声が漏れる。その声を押し殺すためか、唇がアイリスの耳たぶを食んだ。

「あっ、そんなにしちゃ、やあ……」

ただでさえいくのを我慢しているのに、これ以上刺激を与えられたらあっさりと陥落《かんらく》してしまう。

「あ、ダメ……あ、あ……いや、やめて……」

「やめない。おまえがいくまで」

「そんな、すぐにいっちゃう、から……」

一本の細い糸に摑まって、激流に呑み込まれないようにするアイリスに追い打ちをかけるように、フィンの指が再び硬い場所を摘まみ上げた。

「あっ、ああっ……！」

眉間《みけん》の辺りがジンと強く痺れ、毛穴全てが開いてそこから汗が流れ落ちる。

「いく……い、あ……いっちゃ……！　あ……！」

背中を反らして大きく口を開けると、アイリスは脚の間にフィンのものを挟んだまま、ガクガクと体を上下に揺らした。

「あ……あ……」

息をするのもままならなくて、ぐったりと後ろに倒れ込み、フィンの肩に頭をのせて深呼吸をする。

「あっ……！」

「いったのか」

気怠《けだる》い仕草で頷くと、フィンは再びアイリスの腰を摑んで下から熱いもので突き上げた。

「次は俺だ」

達したばかりで敏感なそこを再び強く擦られて、アイリスの背中が反り返る。

「俺もいかせてくれ」

「あ、はあ……お兄様もいくの？」

中に入ってきてくれるんじゃないかという淡い期待を抱き、問う。

「ああ、おまえで、いきたい……」

だけどフィンはやっぱり中に入れることはなく、アイリスの間に挟んだまま、激しく腰を動かした。

「あっ、お兄様……あ……」

耳元で聞こえる余裕のない声がやけに艶めかしく、アイリスの体も再び興奮に煽られて高みへと昇っていく。激しく軋《きし》むベッドの音も、今はアイリスの快感を構築《こうちく》する要素の一つでしかない。

本当はこれじゃあ嫌なのに。ちゃんと自分の中に入ってきて、しっかりと熱を伝えて欲しいのに。

心は哀しんでいるのに体は素直にフィンから与えられた悦びに震え、アイリスから抵抗する力を奪っていく。

「……アイリス……出す、ぞ……」

返事なんて出来ないぐらい頭の中が真っ白で、アイリスは微かに頭を揺らすことで精一杯だった。

「あ、お兄様……あ、あ……」

フィンの動きが速まるにつれ、それに比例してアイリスの体の奥の熱が膨らんでいく。

「はあ、はあ……出る……。あ、いく……くっ……うっ……！」

「ああっ……！」

熱い先から白いものが飛び散って、シーツの上に落ちた。それと同時にアイリスも再び絶頂を迎えると、フィンの胸に背中を摺《す》り寄せるように体を揺らした。

鼻の前にツンと広がる不思議な匂いは、初めて嗅《か》ぐフィンの匂いだった。

部屋まで送ってもらい、アイリスは扉の内側に立つと、別れを惜しんでフィンと強く抱きしめ合っていた。窓の外に広がる空はまだ夜明けを告げる色ではなかったけど、朝が早い使用人たちに見つかる前に、フィンは戻らなければならない。

◆　◆　◆

『このまま連れて逃げて』

何度も言いかけては唇を噛む。

今そう願っても、フィンを困らせるだけだとわかっている。

そしてフィンの方もまた、一緒に逃げて欲しいという言葉を口にすることが出来ずにいた。

フィンに、アイリスをさらって逃げる勇気がないわけではない。ただ、それは確実に茨《いばら》の道となる。追っ手から逃げ、隠れて暮らし、上手く異国に脱出出来たとしても、そこから先は今度、生活をしていかないといけない現実が待っている。

それが本当にアイリスにとって幸せになれる道なのか、そしてこの城に残された心優しい人々はどうなるのかと考えると、フィンの心に歯止めがかかる。

その気持ちを、アイリスも十分に理解していた。

「……また、こうして会える？」

なかなか唇を開かないフィンに、哀《かな》しい返事を想像し、涙が溢れそうになる。

長い、長い間の後、フィンはアイリスの顎《あご》を摑んで引き寄せると軽く唇を合わせた。

「また、こうして会いたい」

「ええ……」

結局、引き返すことも進むことも出来ないまま、二人は『一緒にいたい』という感情を優先させた。

だけど二人とも、口には出さずともお互い同じことを思っていた。

このままでは、誰も幸せになれないと。

第七章　甘い蜜の関係

「おはよう、アイリス」

朝の庭を散歩していると、偶然《ぐうぜん》スチュアートに会った。

「あ……お、おはよう」

思わず目を伏せてしまったのは、昨日のスチュアートの申し出の後、フィンに抱かれてしまった後ろめたさもあったが、初めて飲んだウォッカが抜けなくて、少し頭が痛いせいでもあった。

さっき使用人たちと一緒にいるところを見かけたフィンは、いつもと何も変わらない涼《すず》しい顔をしていて、それが少し憎らしいぐらいだった。

「少し、一緒に歩かないかい？」

「ええ、そうね……」

それから二人、並んで歩き始めたものの、スチュアートの態度が明らかに今までと違うことにアイリスは気が付いていた。

いつもだったら、何も言わなくても自然と手を繋《つな》いでいたのに、今は手が触れないぎりぎりの距離を保ちながら歩いている。二人の間を風に舞《ま》ったバラの花びらが通り過ぎて行くのを見て、自分勝手にもアイリスは少し淋《さび》しく思ってしまったほどだ。

「君に初めて会ったのも、今と同じ季節だったね」

昔を懐《なつ》かしむように、スチュアートが目を細める。

「君を見た時の衝撃《しょうげき》はまだ憶えているよ。世の中に、こんなに綺麗《きれい》な女の子がいるのかって思ったからね」

その言葉に導《みちび》かれるように、アイリスも記憶を呼び起こしてみた。

◆◆◆

城からフィンが出て行き一週間。アイリスは部屋に閉じこもって泣いてばかりいた。

そんなある日、無理矢理《むりやり》部屋から出されて連れて行かれたのは応接室だった。

そこに新しい母親がいることは知っているし、アイリスもそのことについてはとても楽しみにしていた。今日までに何度も新しい母とは面会をし、彼女がいかに優しく、アイリスを本当に大切にしようとしてくれているかわかっていたからだ。

アイリスは新しい母親が出来ることと、フィンが城から出て行ってしまったことを完全に分けて考え、それぞれに喜びと哀《かな》しみを感じていたが、二つの因果《いんが》関係をこの時アイリスがきちんと理解していたら、もしかすると運命は変わっていたのではないかと、大人になった今は思う。

新しいお母様とは、仲良くしたい。

そう思う一方で、フィンを失った穴はどんな幸せが訪れようとも埋められそうになかった。

緊張《きんちょう》して応接室の扉を開け、顔だけを覗《のぞ》かせると、それに気が付いたシルヴィアがにこやかに両手を広げた。

「アイリス、今日からよろしくね」

「……お母様……」

すんなりとそう呼び、シルヴィアの許へ歩きかけた時、アイリスの足が止まった。

シルヴィアの後ろに、見たことのない少年が立っているのを見つけたのだ。

スチュアートはとても緊張していて、つい笑顔を忘れてしまっていただけなのだが、黒髪に、整った白い顔がアイリスの目には少し怖く映った。

警戒《けいかい》してメイドの後ろに隠れてしまったアイリスに、シルヴィアが微笑む。

「紹介が遅《おく》れてごめんなさい。この子はスチュアート。私の息子なの」

「お母様の、息子?」

小さな頭を巡《めぐ》らせてアイリスはめいっぱい考えると聞いた。

「新しいお兄様?」

その可愛らしい声の中に、嫌悪感《けんおかん》が含まれていたことを、その場にいる何人かは気が付いていただろう。何しろアイリスは、慕《した》っていた実の兄と引き離されたばかり。新しい兄など、受け入れられるはずがない。

だけどスチュアートは、一歩前に進み出ると、アイリスの目線の高さまで腰を屈《かが》めた。

「初めまして。僕は今日から君の兄になる、スチュアートだよ」

ふわりと雲の上を歩くような柔らかい声にまず意表を突かれ、それからはにかんで崩《くず》れた顔がさっきとは打って変わってあまりにも可愛らしかったので、アイリスは自分の警戒心が少しだけ解けて行くのを感じた。

◆　◆　◆

「僕はあの時、一目で君に恋をしたんだ。妹としてじゃなく、女の子として君を意識したんだ」

シャーリーの言う通り、スチュアートは幼い頃からアイリスを異性として意識していたようだ。だけどアイリスの方は、『新しい兄』を認めることに一生懸命《けんめい》で、異性として見る余裕などなかったように思う。

長い時間をかけて、ようやく兄として慕えるようになった後、今度は伴侶《はんりょ》として見るように言われ、最初どれだけ戸惑《とまど》ったかわからない。

「君の方はいつから僕を異性として意識してくれたんだろう。もしかするとまだ、兄としか見えていないんじゃないかって、本当はそう思う」

「わ、私は……」

上手い答えが見つからず、それきりアイリスは口を噤《つぐ》んだ。

スチュアートが立ち止まり、それに合わせてアイリスの足も止まる。

「昨夜は君に考えてくれと言ったけど、僕はもう決めたよ。結婚式は延期する」

「スチュアート……」

「君には世界で一番幸せな花嫁になって欲しいからね。父上と母上には僕からちゃんと説明するから、君は何も心配しなくていい」

人の優しさを受けることは、幸せなことなのだとこれまでずっと思ってきた。だから人の優しさで、こんなにも胸が苦しく、辛くなることもあるのだと、アイリスは初めて知った。

いっそ煮え切らないアイリスを激しく詰《なじ》り、罵詈《ばり》雑言《ぞうごん》の限りを投げてくれれば、何も考えずフィンの許へと駆け出していけるのに。もしくは泣いて喚《わめ》いて、情けないほどすがってくれたら、スチュアートを抱きしめることが出来るのに。

だけどアイリスの婚約者は、そのどちらでもなかった。

凛《りん》として、眩《まぶ》しいほど真っ直ぐで、心に一点の曇《くも》りもない素晴《すば》らしい青年だった。

それに比べて自分がどれだけ卑《いや》しい人間なのかということを思い知らされてしまい、アイリスは涙を我慢するために唇を噛《か》むと頷《うなず》いた。

「泣いたらダメだよ、アイリス」

アイリスの頭に一瞬だけ手が触れ、だけどすぐに離れる。

「僕は君が幸せになれる道を探すつもりなんだから、それが見つかるまで涙は取っておいてよ」

「ありがとう……」

スチュアートは頷くと、両手を組んで空に向け大きく伸びをした。

「あーあ、それにしても、これじゃあフィンに先を越されちゃうなあ」

「フィンに?」

ふいに出て来た名前に、トクンと心臓が波打つ。

「先を越されるって、何を?」

まさか自分のことではあるまいと、少し緊張した面持ちで尋《たず》ねると、スチュアートは悪戯っぽく笑った。

「まだ君には秘密だよ。正式に決まったことでもないしね」

「あら、そう言われると余計に気になるじゃない。教えて？」

「ははっ、だけどまだ、フィン本人ですら知らない話だから、教えてあげられないよ」

「もう、だったら思わせ振りなことを言わないで」

怒った振りをして冗談ぽく手を振り上げて、軽くぽんっとスチュアートの肩を叩く。

「ふふっ、ごめんごめん」

スチュアートの顔を見る限り、アイリスに関係することではないようだ。

だけど……降って湧いたように、心の中に不安と嫌な予感が芽生えた。それはもしかすると、いわゆる『女の勘《かん》』というものだったのかもしれないが、この時のアイリスには理由がよくわからず、小首を傾《かし》げながらスチュアートにぎこちなく笑ってみせた。

◆◆◆

フィンが部屋を訪ねて来たのは、その日の夜のことだった。

ナイトウェアの上にショールを羽織《はお》ってアイリスが扉を開けると、フィンは周りを気にしながら、さっと中に入ってきた。

「珍しいのね、お兄様の方から訪ねてくるなんて」

「結婚式が延期になるようだ」

アイリスは耳を疑い、小さく息を呑《の》んだ。

「スチュアートが伯爵《はくしゃく》に申し出ていた。まだ、伯爵の名を継ぐ自信がないから、先に延ばして欲しいと」

「え……」

アイリスのせいではなく、スチュアートが自分のせいにしたと聞き、頭の中が真っ白になる。

「伯爵と夫人はもちろん反対したが、スチュアートは頑《がん》として譲《ゆず》らなかった。このまま延期決定になりそうな雰囲気だ。きっと、明日にはおまえにも話が行くだろう」

「……」

延期を願い出る時は、アイリスも一緒に行くつもりだった。そして伯爵とシルヴィアの前で、全ては自分に非があるのだと、自分がまだ子どもで、結婚に自信がないからだと言うつもりだった。それなのにスチュアートは全て自分で泥《どろ》をかぶり、こんな時までアイリスを傷つけないようにしてくれた。

「本当はおまえのためなんだろう？」

「ええ、私のためだわ……」

同時に、二つのため息が漏れる。

「どこまでお人よしなんだ、あいつは……」

苛立っているのはスチュアートにではなく、フィン自身に対してのようにアイリスの目には映った。

「これを一つの物語としよう」

「え？」

突然のたとえ話に、アイリスはきょとんと首を傾げる。

「主人公はおまえで、結婚も決まっている幸せな姫。スチュアートはその婚約者で王子だ。王子はとても誠実で、純粋な心を持ち、誰よりも姫を愛している。そこに、金髪の悪魔《あくま》がやってきて、姫にちょっかいをかける」

「ええ」

「悪魔は姫をさらって逃げることもしなければ、姫を諦《あきら》めようともしない。ただひたすら、王子の目をかいくぐり、姫に淫《みだ》らなことをし続けるんだ。……さあ、この物語の中で一番ダメな男は誰だ？」

「え……」

今度はクイズが始まり、戸惑うアイリスの唇が開くよりも先に、フィンが答えを言った。

「誰がどう聞いても、悪いのは悪魔だろう」

そう言い切り、髪を乱暴《らんぼう》にくしゃっとかく。

「しかもその悪魔は、姫と王子の結婚が延期になりそうなことを喜んだ。これでまだしばらく、姫と秘密の関係を続けられるってな。……最低だ」

唇を歪め、フィンは自嘲気味《じちょうぎみ》に笑った。アイリスは胸の前で手を組むと、神妙な顔で睫《まつ》毛《げ》を伏せる。

「違うわ、悪いのはお姫様の方よ。悪魔の方を好きになってしまっているのに、王子と婚約を解消しようとしない姫の方だわ。姫は王子となら確実に幸せになれる道があることを知っているから、未練たらしく彼を完全に拒《こば》めないでいるのよ。彼を傷つけないためにも、姫ははっきりとした態度を取らなければいけないんだわ」

身も心も美しい王子、スチュアート。

彼ほど誠実で真摯《しんし》に自分を愛してくれる人には、この先出会うことは出来ないであろうことを、アイリスもわかっていた。

だけど彼の言う通り、アイリスはスチュアートを愛することは出来ても、恋することは出来ないのだろう。

おそらく、これからも一生。

それは理屈ではなく、自分では制御《せいぎょ》のきかない心……本能の部分なのだといっても過言《かごん》ではない。恋をすることに理由や条件は関係ないのだ。いつの間にか、そして勝手に、恋には落ちてしまうものなのだとアイリスは身を以って感じた。

ここまで気持ちがはっきりとしているのに、延期などという中途半端なことをさせている罪悪感がアイリスを苛《さいな》む。この先いつまで経っても、スチュアートが望むような気持ちを彼に抱けないのなら、いっそ……。

「私、やっぱりちゃんとスチュアートに……」

その言葉を遮《さえぎ》るように、フィンの人差し指がアイリスの唇の上に置かれる。

「すまない、これは俺の自分勝手だ。今はまだ、その言葉は言わないでくれ」

「どうして?」

「あいつと完全に終わったところで、悪魔と姫が正式な形で結ばれることは永遠にないからだ。それどころか、別のおう……男が登場するだけだろう」

スチュアートを慮《おもんぱか》る気持ちはフィンにもあるようで、王子と言いかけ、男と言い直すと唇を噛む。

確かにフィンの言う通りだった。

もしスチュアートと結婚しないことになったとしても、きっとアイリスには新しい婚約者が現れて、別の家に嫁《とつ》ぐことになるだけだろう。つまり、どこかに逃げる以外二人が幸せになれる道はなく、その道の先にも幸せがある保証などどこにもない。

……私は少しぐらい辛くてもいいのに。お兄様と一緒にいられれば、それで幸せなのに。

いっそ、一緒に逃げて欲しいと頼んでしまおうかと思ったが、しばらくの間逡巡し、結局その言葉を呑み込んだ。

逃げた時にどちらがより苦労をするかと言われればおそらくフィンの方だ。そしてもしも捕まってしまった場合、酷《ひど》い目に遭《あ》わされるのもフィンだ。

そしてフィンの方はきっと、アイリスにかける苦労のことを思うと勢いだけで行動することは出来ず、その言葉を口に出せないでいるのだろう。

二人の想いはすぐ隣《となり》にあるというのに、お互いのことを思うあまり、どうしても重なることが出来ない。それでも心は強く惹かれ合い、顔と顔を突き合わせ、目と目を合わせたら、次は自然と体を求め、どちらからともなく抱き合い、唇を重ねていた。

「ん……」

最初は触れるだけの軽いキスだったのに、それだけじゃ物足りなくて、すぐに激しく舌を絡ませ合った。

フィンの指が背中を撫《な》で、腰の辺りをくすぐり、お尻の膨《ふく》らみをゆっくりと揉み上げた後、服の上から割れた部分を探ってそこを撫でてきた。

はらりと、アイリスの肩の上からショールが落ちる。

「あ……」

ぴくんと体が動き、奥からじわりとあたたかい雫《しずく》が下りてくる。

「すっかり感じやすくなったな」

「お兄様の手が優しいから……」

「おまえは反応が可愛いから、ついこっちも夢中になってしまう」

スカートの裾《すそ》を手繰《たぐ》り寄せ、下着の隙間《すきま》から指を差し込むと、そこはもう、うっすらと汗をかいていた。

「濡れてる」

嬉しそうに笑うと、フィンは指を前の方に滑《すべ》らせた。

「あんっ！」

膨らんだ硬い部分に指が触れ、アイリスはフィンの胸にしがみつくと爪先《つまさき》立ちになった。

「あ……そこ、ねえ……」

愛らしくねだる声に反応し、フィンのものも熱く硬くなって疼《うず》き始める。

「わかってる」

フィンが指を二本に増やして豆を摑《つか》み左右に弄《いじ》ると、アイリスの頬は紅潮し始める。体はどんどん熱くなって、潤《うる》んだ色っぽい瞳がフィンを誘うように見ていた。

「あ、あ……気持ちいい……あ、ふ……」

何度、この可愛い妹の中に全てを埋めてしまいたいと思ったことだろう。だけどこの一線を越えないことで、フィンの一本だけ残った最後の理性の糸がかろうじて切れずにいるとも言えた。

「はあ、はあ……あ……お兄様……」

小さく震える姿を愛しく見つめていたその時だった。

もぞもぞと、ぎこちなくフィンの熱い下腹部をまさぐる手があり、フィンの体がぴくんと跳ねた。

「アイリス、何をしてるんだ」

「私もお兄様を気持ちよくしたいの」

「おまえの感じる顔を見てるだけで気持ちがいい」

「そういうことじゃなくて、ちゃんと体も気持ちよくなって欲しい」

「じゃあ、この前のように……」

「あれじゃあ私が気持ちよくしてるとは言えないわ。ねえ、教えて、どうしたらお兄様を気持ちよく出来るの？」

形を確かめるように手の平全体で握られて、フィンの理性の糸が揺れる。

このまま押し倒し、濡れた場所に全部入れて中に精を注いでしまいたい。だけどそうしてしまったら、すぐにでもアイリスを城から連れ去ってしまうことだろう。

たとえその先に地獄《じごく》が待っていようとも、構わずに。

「お兄様、お願い」

もう一度願うと、フィンは強張《こわば》らせていた表情をふっと柔らかくし、ベッドに腰かけて自分の前にアイリスを跪《ひざまず》かせた。

「どうしたらいいの？」

腿《もも》に両手をのせて、大きな瞳でこちらを見上げる姿は、まるで小動物だ。あまりの可愛さに頭を撫《な》でた後、フィンはアイリスの手を自分の下腹部に導いた。

「まず、取り出してみろ」

言われるがまま、ズボンの中に手を入れて、フィンのいきり立ったものを取り出す。

それは思った以上に大きくて、熱く張りつめていて、白い肌にはそぐわない、くすんだ赤い色をしている。表面には、何か筋のようなものが浮き上がり、他にたとえようのないような、奇妙な形をしていた。

「……こんな形をしているのね」

思わず無遠慮《ぶえんりょ》な視線を浴びせると、フィンは珍しく照れたように咳払《せきばら》いをした。

「あまり見るな。まずはここを舐めてみろ」

「ここ？」

指差された場所は丁度天辺《ちょうどてっぺん》で、少し窪《くぼ》んでいた。よく見ると、雫のようなものが浮かんでいる。

「ここは舐めても大丈夫なところなの？」

子どもが口にするような邪気《じゃき》のない質問に、フィンは思わず吹き出してしまった。

「俺もおまえのを舐めているだろう？　だから大丈夫だ」

「ああ、確かにそうね」

アイリスは納得がいった顔で頷き、おずおずと舌を出した。

「こう……？」

花の蜜《みつ》を吸うように、舌でそこをすくった後、軽くちゅっとキスをする。フィンのものが熱を持ち、とろりとしたものが先からますます染み出てきた。

「ここ、気持ちがいいの……？」

「そうだな、そこは好きな場所だ……」

アイリスと同じように、フィンにも特別好きな場所があるんだとわかったことが嬉しくて、舌を伸ばすと上から下まで使って丁寧《ていねい》にそれを舐め上げた。

「んっ……あ……はむ……」

アイリスの舌の動きに合わせて熱い吐息《といき》が零れ、時折腰がぴくんと跳ねるのは、アイリスで感じている証拠だろう。自分の手でフィンを感じさせることが出来る喜びに、アイリスは夢中になってそれを舐めた。

窪みの雫は溢れ、アイリスの唾液と混ざってつつっと下に落ちた。それを受け止めようと、咄嗟《とっさ》に根元の方まで手の平を滑らす。

するとフィンの腰が浮き上がり、喘ぎ声のようなものが口から零れた。今までで一番激しい反応に、アイリスは唇を離すとフィンを見た。

「今の、よかったの？」

「そうだな、同時にされると……結構くるな」

「そうなのね」

アイリスは再び窪みに口をつけると、ちゅるちゅると音を立てて激しくそこを舐め始めた。そして唇の隙間から溢れ出す唾液で全体を濡らすと、それを使って両手でフィンのものをしごいた。

「もっと言って。どうすればいいのか、教えて……」

手の中でフィンのものが波打つ。そこでようやく、さっき見えていた筋のようなものが、血管だということにアイリスは気が付いた。

……なんだか不思議だわ。

普段は決して人に見せないような男の人のこの部分を、自分の口が愛撫《あいぶ》をする日が来るなど、思ってもみなかった。ましてや、幼《おさな》い日々を共に過ごした、実の兄のものにこうするなど、子どもの頃は想像すらしなかった。

「もっとたくさん気持ちよくするの。だから教えて、お兄様……」

「……じゃあ、上から軽く咥《くわ》えてみろ」

「こう？」

言われたとおり口を大きく開けて上から咥えたら、喉《のど》の奥が詰まって、アイリスは思わずそれを吐き出してしまった。

「うっ……こほっ！　こほこほっ！」

「大丈夫か？　軽くって言ったのに、いきなり深く咥えすぎだ」

アイリスは濡れた唇を拭い、目に涙を浮かべて喉を押さえた。

「苦しかったわ」

「もうやめていい。無理をすることはない」

顔を上げさせようと頬に置かれた手を、アイリスは軽く払った。

「やめないわ。だってまだ、お兄様を気持ちよく出来てないもの」

「あ、おい」

「んっ……」

止めるのも聞かず、アイリスは今度は咥え込みすぎないように、慎重《しんちょう》にそれを唇で挟み、ゆっくりと口の中に埋めていった。

「んっ……あ……はむ……は……」

同時に両手でそれを包み、さっきしていたように唾液で滑らせ手を上下に動かすと、今まで聞いたことのない、余裕のない喘ぎ声がフィンから零れ出した。

その切ない声を聞いているだけでアイリスの身も心も昂揚《こうよう》し、いやらしい雫がじわりと自分の下着を濡らしているのがわかった。

「んっ、お兄様、気持ちいい……？」

鼻をつく匂いが少しきつくなり、窪みから滴《したた》る雫の量も増えてきた。

「アイリス、そろそろ離せ……」

「ん……どうして、離さないといけないの……？」

理由はわかっていたけど、アイリスはわざとわからない振りをしてそれをしゃぶり続けた。体の中にもらえないのなら、せめて飲み込んでしまいたかった。

根元の辺りをきゅっと握ったり、離したりを繰り返し、時折上から下まで丁寧に撫で、その間も口は上から咥えたまま、舌を動かし窪みをつつく。

「出る……ダメだ、離すんだ……」

「んっ……は……む……あむ……んっ……」

もう、この味がなんなのか、フィンから溢れる蜜なのか、それとも自分の唾液なのか、それすらわからない。もしも二つが混じり合った味がこれならば、アイリスにとってこれ以上甘美《かんび》なものなどないと思った。

「アイリス……！　はあ……あっ……っ……くっ！」

「んっ……！」

口の中でそれが一瞬大きく膨らんだかと思ったら、次の瞬間にはあたたかいものが解き放たれていた。

「んんっ……む……んんっ……!!」

さっきまで零れていたものとは違い、それは強い匂いと苦みを伴《ともな》ってアイリスの口の中に広がった。

「おい、ここに吐くんだ」

傍《かたわ》らのシーツを摑み、フィンがアイリスの口元に当てる。だけどアイリスはそれを拒むと、数回に分けてなんとか苦い汁を飲み込んだ。

口の中に残る嫌な苦みに、思わず顔をしかめる。

「おかしいわ。さっきまではおいしいと思えていたのに、変な味がするわ」

「くっ……ははっ、あははっ」

正直なアイリスに笑いが吹き出すと、フィンはアイリスの腕を摑んで抱き寄せ、そのままベッドに転がった。キスをしようと近づいてくるフィンの唇を、アイリスの手が塞《ふさ》ぐ。

「待って、今キスをするのはよくないわ。だって、本当に変な味がしたのよ」

「俺の味だってわかってて言ってるのか？」

「あっ！　そ、そうだったわね、ごめんなさい」

「ふっ、はははっ」

笑いながらキスをして、口の中でぬるりと舌を一周させる。

「確かに変な味だな」

「……でしょう？」

「ふっ、ははっ、あははっ」

「ふふっ、ふふふっ！」

おでこを突き合わせてひとしきり笑い、お互いの頬や首筋や胸元にキスの応酬をする。

そうこうしているうちにフィンの指がアイリスの下腹部を捉え、するりと下着を下ろした。

「あ……」

舐めたことで興奮《こうふん》したのか、アイリスのそこはさっきよりも濡れていた。それに気が付き、フィンが指を滑らせながら嬉しそうにニヤリと笑う。

「自分のも味わってみるか？」

「え？」

ぽかんと開いた口の中に、フィンの指が二本入れられる。

「んっ」

フィンのものとは違う、味と匂い。

「どうだ？　自分の味は……」

アイリスはフィンの指を付け根から爪の先まで舐め回し、くいっと首を傾げた。

「やっぱり、あまりおいしくないみたい」

「そうか？　俺には甘い蜜よりもおいしく感じられるんだがな」

濡れたそこに顔を埋め、フィンが舐め上げる。

「あっ、んんっ！」

「次は俺がおまえを、気持ちよくさせてやる番だな」

「……はあ……」

何の抵抗もなく、アイリスは襲《おそ》い来る快感の波を迎えるために体の力を抜いた。

「ん……気持ちよく、して」

最後の一線を越えていなくとも、すっかり身も心もフィンに囚《とら》われてしまっている自分を、もう誤魔化《ごまか》す気はなかった。

「おまえは、自分で気が付いているのか？」

熱い舌でアイリスを翻弄《ほんろう》しながら、フィンが笑い混じりに囁いた。

「何が……？」

うっとりと、淫らな吐息と共に問う。

「ここを舐められている時、自分がどんないやらしい目で俺を見ているかってことを」

「そんなの自分じゃわからないわ」

「じゃあ、教えてやろうか」

フィンはアイリスを後ろから抱きかかえ、腿の下に腕を入れてそれを思い切り開かせた。

そしてドレッサーの方に体を向けると、耳に息を吹きかけた。

「ほら、じっくり見てみろ」

「あ、やあ……」

鏡に映った自分と目が合う。

とろんと目を半開きにし、頬をバラ色に染め、身も心も全てをフィンに委《ゆだ》ねている顔だ。

「ほら、俺を誘う目だ。他の誰でもなく、俺だけを誘っている目だ」

小さな豆の上で指が動き、重なったひだの間からじわりと蜜が溢れ出す。フィンはそれを指になすりつけるように、ゆっくりとそこを上下に擦《こす》った。

「あっ、ふっ……はあっ」

「もっといい顔になってきた。たまらないな」

鏡に映る自分は、今まで見たことがないぐらい淫靡《いんび》な表情をしている。それを目の当たりにしている恥ずかしさが興奮を煽《あお》ったけど、それ以上にアイリスの瞳を摑んで離さないものがあった。

自分の耳を食《は》むフィンの舌の動きのいやらしさ、硬い場所を摘まみ上げる指の艶《なま》めかしさ、アイリスを見る、軽く伏せられた目の色っぽさが、アイリスの体の快感をさらに大きくさせている。

厚い胸板《むないた》は、流れる汗でますますアイリスの背中に吸い付き、体の熱をアイリスの奥に流し込んでくる。

世界中の誰よりも近く、フィンがいるのだと思ったら、アイリスは身も心も幸せに包まれた。

フィンが愛しくて、大切でたまらない。このままフィンと一緒に溶けて、一つの塊《かたまり》になってしまいたいと願うほど。

アイリスはもっと肌の重なる場所を増やしたくて、自分の脚の間に手を伸ばすとフィンのものをまさぐった。さっき出したばかりのはずが、それはすでに半分ぐらいまで硬くなっていた。

アイリスはそれを撫でながら、鏡越《かがみご》しにフィンにねだった。

「これを……」

『入れて欲しい』と喉まで出かけたのを飲み込んで続ける。

「これで擦って下さい。アイリスの熱いここを、お兄様ので擦って……?」

鏡の中で、フィンの顔が興奮に紅潮《こうちょう》していくのがわかった。そしてアイリスの顔も、これまで以上に激しい快感を期待して、さらに恍惚《こうこつ》の表情になっている。

フィンは自分のものをアイリスの濡れた場所にあてがい、腰を上下に動かし始めた。

「あっ、ああっ……！　お兄様……！」

前の部分が擦られて、その刺激で涙が滲《にじ》んでぼんやりと視界が霞《かす》む。だけどアイリスは重なった自分たちのその場所をはっきりと目に焼き付けておきたくて、涙が零れるのを我慢した。

フィンが与える刺激でアイリスのものが濡れ、その零れた雫がフィンのものを濡らしている。だけど欲張りなアイリスはそれでもまだ物足りなくて、首を後ろに向けると舌を出した。

「お兄様、キスしたい。もっともっと、たくさんの場所を重ねたい」

その言葉に突き動かされるようにフィンはアイリスの舌を貪《むさぼ》り、胸を包み込むようにして揉みしだき、もう片方の手では入り口の前にある硬い蕾《つぼみ》を擦った。そして夢中で腰を動かしてアイリスのひだに擦りつけ、熱に浮かされたようにアイリスの名を呼び続けた。

二人が思うことはただ一つ。

――この体、この心の全て、自分のものに出来たら。

第八章　誘惑

『君は何も言わなくていいから』

スチュアートにあらかじめ言われていた通り、結婚延期の可否の決定の場で、アイリスは何も言わず、黙《だま》って俯《うつむ》いていた。

伯爵は思ったよりも穏やかにそれを受け入れたが、シルヴィアは泣いて喚《わめ》いて、それがどれだけ恥ずかしいことなのかと詰《なじ》り、考え直す余地はないのか、スチュアートに何度も詰め寄った。だけどスチュアートは何を言われても自分の考えを曲げることはせず、とうとうシルヴィアの方が泣きつかれて黙り込んでしまった。

結局、スチュアートの年齢が実際にまだ若いことと、伯爵の体調も当初言われていたほど悪くないことから、シルヴィアも渋々了承《しぶしぶりょうしょう》する形になって場は収《おさ》まった。まだ方々《ほうぼう》に正式な招待状《しょうたいじょう》を送る前だったことも幸いだった。

部屋を出る時、シルヴィアはアイリスを抱きしめて、『私の息子がごめんなさい』と小さな声で謝った。そこで堪《こら》えていた涙《なみだ》が溢《あふ》れ、アイリスはいつまでもいつまでも声を上げて泣いた。

だけどその涙の本当の意味を知る者は、その場には誰一人としていなかった。

◆ ◆ ◆

数日後、アイリスは一人、部屋で机に向かい手紙を書いていた。

宛て名は、シャーリー・スペンサー。

親友への手紙だった。

内容は主に、スチュアートとの結婚式が延期になったことを知らせるもので、理由は詳しくは書いていない。

いっそシャーリーには全てを打ち明けてしまおうと、何度もフィンとのことを書きかけたが、その度ペンを止めて、メイドの作ってくれたチェリーパイがおいしかったことや、バラの季節が終わってしまいそうで淋《さび》しいといった、どうでもいいことを書き加えた。

そして乾燥《かんそう》させたバラの花びらを一枚中に入れると、シーリングスタンプで封をした。

執事《しつじ》に手配してもらえば、一週間もすればシャーリーに届くだろう。

シャーリー、きっと怒るわね。

理由を問い詰められたら、その時は正直に打ち明けよう。

そんなことを考えながら、手紙を握《にぎ》りしめて部屋を出た。


執事に手紙を託《たく》し、庭に面した廊下《ろうか》を通って部屋に戻る途中だった。

開かれた窓の外から、やけに楽しそうな男女の話し声が聞こえてきた。

「まあ、なんて奇遇《きぐう》なの。私もその街には幼《おさな》い頃に数年間住んでいましたのよ」

「ではあの時計塔もご覧《らん》になったのですか？」

「ええ、もちろんですわ。からくりの始まる時間になると、誰もが下に集まって……」

「あのからくりは三百年前に作られたものらしいです。鐘《かね》つき男の鳴らす鐘も、当時のものから変わっていないとか」

「とても歴史のあるものでしたのね。今度行ったらじっくりと見てみますわ」

「音が変わって聞こえるかも知れませんよ」

「ふふっ。それにしてもあの名門校のご出身なんて、フィン様はとても優秀《ゆうしゅう》ですのね」

「成績は下から数えた方が早いぐらいでしたが」

「あら、ご謙遜《けんそん》を。伯爵様より伺ってますわよ、首席で卒業なされたって」

男性の方はフィンだとすぐにわかったが、女性の方もどこかで聞いたことがある声だ。

アイリスははしたないと思いながら、体を屈《かが》めてこっそりと窓の外を覗《のぞ》いてみた。

「ヴァレリー様は様々な国をご存じなのですね。とても羨《うらや》ましい限りです」

「父の仕事の都合で、各国を転々としてきただけですのよ。最近は父も仕事を人に任せる心の余裕《よゆう》が出て来たようで、やっと祖国であるこの国に落ち着きましたの」

白い日傘がくるりと回る。

それはいつか廊下ですれ違った、貿易商《ぼうえきしょう》の娘だった。

あの時とは違い、今日は鮮やかな青いドレスを身にまとっている。相変わらず細い腰と豊かな胸を強調するデザインで、遠くからだと、一輪挿《いちりんざ》しの花瓶《かびん》のように滑《なめ》らかで美しいボディラインが際立って見えた。

どうしてお兄様がお相手をしてるのかしら……。

客人が庭を見たいと言った場合、普通は伯爵自身かスチュアート、もしくはシルヴィアやアイリスが相手をするものだ。使用人がこうやって隣《となり》に並んで歩くなど、まずない。

何者《なにもの》なのかしら?

正体を知りたくて、さらに顔を覗かせたら、こちらに気が付いたフィンと目が合ってしまった。なのにフィンはすぐに視線《しせん》を外すと、何事もなかったかのような顔で再び女性と話し始めた。

アイリスは二人が窓の外を通り過ぎて行くのを見送ると、部屋に戻るのはやめて城の中を少し散歩することにした。

散歩と言うのは建前《たてまえ》で、実際は、女性のことを知っている誰かに会えるかもしれないと思ったからだった。だけどそんな時に限って誰ともすれ違うことが出来ず、城内を二周したところで、エントランスに出てしまった。

扉から出ようとしてアイリスはすぐに引っ込むと、そっと顔だけ出した。

「明日、また来てもよろしいかしら?」

「是非《ぜひ》。お待ちしております」

女性は綺麗《きれい》に紅《べに》を引いた唇《くちびる》の端《はし》を上げると、前に停めてあった馬車の手すりに手を掛けた。二頭立ての馬車はとても豪華《ごうか》で、窓やドアには金の細工が施《ほどこ》され、馬具にも丁寧《ていねい》になめされた革に金の装飾《そうしょく》がはめられている。

貴族が乗るには派手すぎるぐらい豪華で、こんな趣味をしているとは、やはりあのヴァレリーと呼ばれた女性は成金の娘なのだろうと、アイリスは意地悪《いじわる》なことを思った。

「今日は楽しかったですわ」

絹の手袋をはめた指がフィンの腕を妖《あや》しげになぞったのを見て、アイリスは思わず声を上げそうになると両手で口を覆《おお》った。

自分から殿方の体に触れるなんて、淑女《しゅくじょ》のすることじゃないわ。

そう思う頃にはアイリスはもう気が付いていた。

自分は、嫉妬《しっと》しているのだと。

「今度、私が泊まっているホテルにも遊びに来て下さい。海が一望《いちぼう》出来る、素敵《すてき》なお部屋ですのよ」

「私は見習いの身であるため、自由な時間を作ることは出来ません。とても素敵なお誘いですが、今回は遠慮《えんりょ》させていただきます」

品のない誘い文句をフィンがきっぱりと断ってくれなければ、アイリスは飛び出して行くところだった。

ヴァレリーを乗せた馬車が出発し、城門の外に消えるまで見送ると、フィンはエントランス内に戻ってきた。

「アイリス様、覗き見とは、はしたないですね」

「！」

天使像の裏に上手く隠れたつもりだったが、あっさりと見つかってしまった。いや、もしかしたらフィンは最初から、アイリスが立ち聞きをしていたことを知っていたのかもしれない。

「今の人、誰？」

真っ赤になった顔を両手で覆いながら、アイリスが像の裏から出てくる。

「ヴァレリー・マーロン嬢《じょう》でございます。貿易で財を成されたマーロン氏の末のお嬢様ですよ」

誰かに見られた時のことを考慮《こうりょ》してか、フィンの言葉遣いはよそ行きで、それが嫉妬で煮《に》えたぎるアイリスの心に余計に火を点《つ》けた。

「随分《ずいぶん》と親しそうに見えたけど？」

アイリスにしては嫌味《いやみ》たっぷりな口調で言ったのだが、フィンはそれをさらりとかわした。

「そうでございましょうか。お会いするのはこれで二度目ですし、アイリス様の思い違いだと思います」

「そんなことないわ。デレデレと鼻の下を伸ばして、みっともないったらありゃしなかったわ」

「私の鼻の下、伸びていましたか？　自分では気が付きませんでした。そんな見苦しい表情を見せるのは、アイリス様の前でだけと決めていたのですが」

冗談っぽく鼻の下を触り、フィンがニヤリと笑う。それはいつも二人きりの時に見せるフィンの顔で、アイリスは不覚《ふかく》にもときめいてしまった。

「そ、そうよ。フィンがそんな顔を見せていいのは、私だけ、なんだから……」

照れているのか、最後は消え入るようなか細い声で言うアイリスに微笑むと、フィンは尋ねた。

「ところで、そろそろお茶の時間なのではございませんか？　よろしければティールームまでお送り致しますが」

「あ、そうね、今行けばきっと誰かしらいるわ。じゃあ、お願いしようかしら」

「かしこまりました」

考えてみると、こうやって二人並んで廊下を歩くのは初めてだ。フィンの近くには大抵《たいてい》スチュアートがいたし、アイリスと並んで歩く理由も特になかった。

とても些細《ささい》なことだったけど、アイリスはフィンとする『初めて』のことが嬉しくて、いつもよりわざとゆっくり歩いた。

「ミス・ヴァレリーは何をしにこのお城を訪ねてきたの？」

まだヤキモチの火は消えていないのか、アイリスの言葉には少し棘《とげ》があり、フィンは笑いを堪えながら答えた。

「ここから一時間ほど馬車を走らせた場所にある、海辺のホテルにバカンスで一ヶ月間滞在しているとのことです」

ホテルの名前を聞いてアイリスはびっくりした。

この辺りでも屈指《くっし》の高級ホテルで、一ヶ月も泊まれば首を一周出来るダイヤのネックレスを二本は買えてしまうほどの金額になると、世間に疎《うと》いアイリスでさえ噂《うわさ》に聞いたことがあった。それを娘一人に定宿《じょうやど》として与えてしまうとは、どうやらマーロン氏は、噂に違《たが》わぬ大富豪のようだ。

「暇《ひま》を持て余しているのか、マーロン氏の古い知人であるリットン伯に会いに、この城にも遊びに来ているようですよ」

「……本当にお父様に会いに来てるのかしら」

マーロン氏が一緒ならともかく、ヴァレリーだけで伯爵に会いに来るなど、極めて不自然だ。それに、前述した通り、彼女に庭を案内するのであれば、フィンより適任者がいくらでもいるはず。

「あの人、フィンのことを気に入ったんだわ。それで、フィンに自分の相手をさせるようにお父様に頼んだのよ」

それは決して、嫉妬から出たアイリスの妄想《もうそう》ではなかった。理由が何かは知らないが、伯爵から直々《じきじき》に、ヴァレリーのお相手をするようにフィンが命じられているのは確かだった。

「美人で肉感的でとても魅力のある人だったから、ちょっと、心配」

そうやってヤキモチをやきながら頬《ほお》を膨らませるアイリスの方が、フィンの目にはよほど魅力的に映っているのだが、それは今ではなくて二人きりの時に伝えようと思い、フィンは苦笑しただけに留めた。

ティールームの扉が見えてきて、ますますアイリスの歩みが遅くなる。

「もう、着いてしまったわ」

頬の膨らみを大きくしながら、アイリスが不満そうに呟《つぶや》く。

フィンは大きな体を折り曲げると、耳元に唇を近づけて囁《ささや》いた。

「今夜、部屋に行く。待ってろ」

「ええ……！」

その顔にはもう、笑みが戻っていた。

◆◆◆

次の日もまたやってきたヴァレリー嬢を、フィンは再び庭に案内していた。

初めて会った日も、昨日も、今日も、案内するのは庭ばかり。

それでも仕方ない。小さなこの城の中では、それ以外に女性をエスコートするにふさわしい場所などないのだから。

「退屈ではありませんか？」

フィンは率直に尋ねた。

世界中を飛び回って様々な娯楽《ごらく》を経験している、見た目も派手なこの女性が、いくら綺麗に整えられた庭とはいえ、散歩ごときで満足しているとは思えない。

「そうね、少しつまらないわ」

「やはりそうでしたか。では、チェスか、カードのお相手でも致しましょうか？　裏庭にはコートもあるので、テニスも出来ます。あまり使われていないようなので、すぐに使用出来るかわかりませんが……」

「あなたが私を見て下さらないから、つまらないんですわ」

「え……」

長い睫毛を瞬《まばた》かせ、ヴァレリーが意味深な視線を投げる。

「あなた、あまり人の目を見ませんのね。それが物足りなくて、つまらないんですの」

「……そう、でしょうか」

言われてみると確かに、フィンはあまり人の目を見なかった。それはきっと、他人に心を開いていない証拠なのだろうと、フィンは思った。

アイリスの瞳ならば、いくらでも真《ま》っ直《す》ぐ見ることが出来るのに。

思いもよらぬことを指摘されて思い出したのは、愛しい妹の透き通った青い瞳だった。

「あなたのこと、もっと知りたいわ」

ふいに唇にあたたかいものが触れ、フィンは思わずそれを振り払っていた。

「あら、ふふ、本当に真面目なんですのね」

「……お戯《たわむ》れを」

唇を拭《ぬぐ》い、軽く頭を下げる。

恥をかかされたはずなのに、ヴァレリーは余裕の笑みで日傘を回した。

「純情で素敵な方」

フィンは初心《うぶ》な少年のように震えると、ぎこちなく笑って唇を拭った。

女の味は、寮《りょう》生活で覚えさせられたことの一つだ。だから自分は純情でもなければ潔癖《けっぺき》症《しょう》でもないと思っていた。それなのに、口づけ一つでここまで嫌悪感を覚えてしまうとはどういうことなのだろう。

今すぐにでもアイリスの許に飛んで行き、この腕に抱いて全身に口づけを浴びせたい。

——俺はもう、アイリス以外の女では欲情出来ないのかもしれない。

心の中で自嘲気味《じちょうぎみ》に笑い、顔では冷静を装って、散歩を続けるヴァレリーに寄り添《そ》って歩き続けた。

第九章　月の光の下で

月明かりの下で飲む酒は、いつもより苦《にが》い。

まるで夜の露《つゆ》が勝手に瓶《びん》の中に落ちて、その闇《やみ》を染《し》み込ませてしまったかのようだ。

フィンはグラスの中で揺《ゆ》れる水面《すいめん》に欠けた月を映した後、一気にそれを飲み込んだ。

ヴァレリーに奪《うば》われた唇《くちびる》の感触《かんしょく》を上書きしたくて、夕食が終わるとすぐにフィンはアイリスの部屋を訪ねた。だが、そこにアイリスの姿はなく、フィンは仕方なくウォッカの瓶を抱きしめて、明かりの消えた部屋で一人ベッドに寝転がっていた。

アイリスはシルヴィアと一緒に、レストランで食事をした後、そのまま芝居《しばい》を観《み》に行っているとのことだった。一緒の席で食事を取ることを許されていないフィンは、メイドから聞くまでそれを知らなかった。

……惨《みじ》めだな。

思わず本音が零《こぼ》れる。

愛人の子だとしても、子息として扱われていた子どもの頃の方が、まだましだったかもしれない。

いや……。

フィンは思い直すと、瓶に直接口を付けてウォッカを呷《あお》った。

今はフィン自身が成長し、少し中傷《ちゅうしょう》された程度では傷つかない、図太《ずぶと》い心を手に入れることが出来た。だが、子どもの頃はとても繊細《せんさい》で、些細《ささい》なことにいちいち落ち込み、夜、一人で枕《まくら》を濡《ぬ》らすことも度々あった。

今なら、ただの嫉妬《しっと》だったと思える使用人たちからの仕打ちも、あの時は全てがフィンの心を傷つける茨《いばら》のムチでしかなかった。

服の袖口《そでぐち》を糸で縫《ぬ》われるようなバカバカしい悪戯《いたずら》もあれば、何も知らない客人がフィンの容姿《ようし》を褒《ほ》めた帰りに、その客人にわざわざあの髪は愛人似だと吹聴《ふいちょう》するような陰湿《いんしつ》なものもあった。

親戚《しんせき》たちもそうだ。いかにも、財産目当ての意地汚《いじきたな》いハイエナを見るような目でフィンを蔑《さげす》み、どこでもいいから貶《けな》せるところはないかと、常に目を光らせていた。

そうされるうちにフィンは、口数少なく何を言われても静かに微笑《ほほえ》むことこそが自分を守る鎧《よろい》になるのだということに気が付いた。

それが後の寮生活での虐《いじ》めの一端《いったん》になったのだが、貴族に囲まれた暮らしでは、それはかなりの効果を現した。言い返したり、反抗したりすれば『所詮《しょせん》は卑《いや》しい生まれ』と嘲《ちょう》笑《しょう》する者たちも、微笑まれるだけだとそれ以上何も言えなくなってしまう。

だが、自分を殺すということは、成長期の少年にとって、この上ないストレスだ。いくら伯爵《はくしゃく》夫妻は自分を可愛がり、愛してくれていたとはいえ、まるで針の筵《むしろ》に座らされているような毎日が続いた。

そんな日々に明かりを灯《とも》してくれたのは、フィンが六歳の時に生まれた妹、アイリスだった。子どもはもう望めないと言われていた夫人の妊娠《にんしん》がわかった時、フィンはとても複雑だった。もしも生まれてくるのが男の子だったら、自分はお払い箱となり、どこか遠くへ追いやられてしまうのだろうと、小さな心を痛めていた。

だけど夫人のおなかが日に日に大きくなるのを見るにつれ、不安よりも喜びの方が膨《ふく》れ上がり、その日を指折り数えて待つようになった。

『生まれてくる子は、あなたが守るって約束してね』

膨らんだおなかに耳を当てるフィンの頭を撫《な》でながら、夫人はいつも優しくそう言ってくれた。現実にどうなるかはわからないが、少なくとも夫人は、生まれてくる子の性別に関係なく、フィンを手元に置いてくれるつもりだったのだろう。

体面《たいめん》上、フィンに厳《きび》しく当たらなければならない伯爵と違い、夫人は本当の母親以上に優しくフィンを包み込んでくれた。

大半の男の子がそうであるように、フィンも義理の母である夫人に、ある種、初恋と言っていいような感情を抱き、将来は母と結婚して一生守るんだと思っていた。

予定日よりも少し早く生まれてきたのは、真珠の城の姫の名にふさわしい、宝石のように美しい女の子だった。

その命と引き換えに、夫人は一週間後、眠るように息を引き取った。

この子は僕が守らないと。

小さな手を握《にぎ》りしめながら、フィンは夫人と交わした約束を胸に刻《きざ》みつけていた。

まさか五年後、あのような運命を自分が辿《たど》ることになるとは、この時は思いもせずに。


視界の端《はし》に一瞬、アイリスの姿が映ったような気がして横を向く。するとそこには、窓から覗《のぞ》く蜂蜜《はちみつ》色の月があるだけだった。

フィンはウォッカの瓶をサイドテーブルに戻すと、体を横にして月を眺《なが》めた。

自分が酔っているのかどうかもわからなくなるぐらい飲んだ酒のお陰で、ヴァレリー嬢の唇の感触はすっかりと霞《かす》んでしまった。

だけどその代わりフィンを襲《おそ》ったのは、アイリスの肌に触れたいという欲望だった。

まさか夫人も、二人がこういう仲になるとは知らず、あの約束を交わしたに違いない。

今、自分は夫人との約束を守っているのか、それとも破っているのか。

「ふう……」

月の光の眩《まぶ》しさに目を細める。

紺色《こんいろ》の夜空に浮かぶ月は、周囲をほわりと優しく照らし出し、その光を守るように集った星々が瞬《またた》いている。

そういえば、夫人も月の光のように慎《つつ》ましやかで、おっとりと朗《ほが》らかな人だった。アイリスの容姿は大部分、伯爵の血によるものだったが、性格の方は母親の血を濃く受け継いでいるようだ。

……夫人は、どんな顔をしていただろうか。

夫人の顔を思い出そうと、記憶の糸を手繰《たぐ》り寄せてみる。

薄い紅茶色の髪で、緑の瞳が美しい清楚《せいそ》な女性だったはず。決して派手ではなかったが、野に咲く花のようにたおやかで、守ってあげたくなるような華奢《きゃしゃ》な人だった。だけどどうがんばってみても、思い出すのはアイリスの微笑みだけで、フィンはますます切なくなると目を伏《ふ》せた。

第十章　すれ違う心

信じられない、どこで何をしているのかしら。

アイリスはむしゃくしゃした気持ちで、いつもより大きく靴《くつ》を鳴らして自分の部屋に向かって歩いていた。

早朝なら部屋にいると思い、人目を避《さ》けて会いに行ったのに、そこはもぬけの殻《から》。

もしかして、今も彼女に会っているのかしら。

最近、フィンはヴァレリーにべったりで、アイリスの相手をほとんどしてくれない。昼間見かければ、まず彼女と一緒にいたし、夜たまに部屋を訪ねて来ても、疲れている様子で話や愛撫《あいぶ》の途中で眠ってしまう始末だ。

そんなに疲《つか》れるようなことを彼女としているの？

一度芽生《めば》えたヤキモチの種は、様々な妄想《もうそう》を吸い込みながらどんどん膨《ふく》らんでいく。

まさか、お兄様とヴァレリーはもう……。

思わず小さく悲鳴を上げて立ち止まる。

まさか、そんなまさかだわ。

勝手に想像したことで勝手に不安になって勝手に哀《かな》しくなったその時だった。

「やあ、おはよう、アイリス」

「あ……スチュアート、おはよう」

乱暴に歩いている姿を見られたかもしれないと、アイリスは誤魔化《ごまか》すように、わざとらしくスカートの表面を撫《な》でた。だけど幸い、スチュアートは何も思わなかったようだ。いつもと同じ、爽《さわ》やかな笑顔を見せた。

「もう朝食はとったかい？」

「いいえ、まだ」

何しろ今朝は、起きてすぐに慌ただしく支度《したく》をし、ろくに鏡も見ないままフィンの部屋に向かったのだから。

その努力も虚《むな》しく、結果は空振《からぶ》りに終わったのだが——。

「よかったら、テラスで一緒に食べないかい？　今日は雲一つない綺麗《きれい》な空だし、気持ちがいいと思うよ」

言われて見ると、窓の外には真《ま》っ青《さお》な空が広がっていた。こんなことにも気が付かないとは、どれだけ心に余裕《よゆう》がないのだろうと、自分自身に呆れてしまう。

「そうね、じゃあ、ご一緒させてもらうわ」

アイリスはちょっと気取って首を軽く傾《かし》けた。

「わかった、テラスに朝食を運んでもらうようにメイドに頼むから、十分ほどしたら来てくれ」

「ええ、ありがとう」

その間に、部屋に帰って改めて支度をしよう。髪だって簡単に梳《す》かしただけで、編《あ》んでもいなければリボンも結んでいなかったし、胸元には小さなアクセサリー一つつけていない。こんなことでは、美しく華やかなヴァレリーには勝てない。

「また後で会いましょうね」

「あ、待って」

「え?」

それは本当にふいの出来事だった。振り返った瞬間抱きしめられ、強く唇《くちびる》を重ねられた。その腕を振り払うよりも先に、スチュアートが体を離す。

「……ごめん、君の気持ちが固まるまで、触れないって約束だったのに。どうしても、今、キスしたかった」

赤くなって視線を逸《そ》らすスチュアートを怒ることなど出来ず、アイリスは髪の先を指に巻きつけると俯《うつむ》いた。

「テラスで待ってるよ。また、後で」

はにかんで笑うと、スチュアートは駆け足でその場を立ち去った。

アイリスは唇に指を当て、複雑な思いで静かに息を吐くと、自分の部屋に向かうために廊下を歩き出した。


一つ目の角を曲がったその時だった。カーテンの裏から伸びてきた腕に摑《つか》まれ、大きな腕の中に転がり込むようにして抱きしめられた。

「今、何をしていたんだ」

「え……！　フィ、フィン？」

腕の主はフィンだった。

怒ったように目を細め、唇が触れてしまうほど近くまで、アイリスに顔を寄せている。

「スチュアートと何をしていた？」

「テラスで朝食をとる約束をしていただけよ」

「嘘をつくな、その後だ」

どうやら、キスされたのを見られていたようだ。

「……フィンには関係ないじゃない」

アイリスは、部屋にいなかった報復とばかりに、拗《す》ねて顔を逸らしてみせた。

だいたい、他の女にべったりでアイリスをほったらかしにしているのはフィンの方なのだ。

「関係ないとはどういうことだ」

「そんなの、知らない」

「知らないということはないだろう?」

「何よ。フィンだって、毎日毎日、ミス・ヴァレリーと一緒にいて私のことなんて忘れてしまってるみたいだったじゃない」

痛いところを突かれたのか、フィンが口ごもる。

「今朝だってどこに行っていたの? 部屋まで行ったのにいなかったのはどうして? こんな朝早くから、彼女と会っていたとでもいうの?」

「会っていたわけじゃない」

だが、何か後ろめたいことがあるのか、フィンの目は宙を泳いでいる。

「じゃあ何をしていたの? 正直に言ってよ」

どうせ、どこかからばれると思ったのだろう。フィンは開き直ると本当に正直に答えた。

「ヴァレリー嬢《じょう》が今日の午後、また城に遊びに来る。その時にバラの花束が欲しいと言うから庭に摘みに行っていた。季節的にもう散っているものが多くて、綺麗なものを選別《せんべつ》するのに時間がかかった」

バラの花束を抱えてヴァレリーに掲《かか》げるフィンの姿が脳裏《のうり》をよぎり、アイリスはかあっと頭に血が上った。

「私、お兄様からバラの花束なんてもらったことがないわ。どうして彼女にだけ？」

「伯爵《はくしゃく》から、彼女にはよくしろと命じられている。仕方ないだろう」

「だからって、バラの花束なんて！　愛の告白をしているようなものじゃない」

「どうしてそんな飛躍《ひやく》した考えになるんだ」

「だってバラはプロポーズの花よ。ヴァレリーだってきっと勘違《かんちが》いするわ」

「あのなあ、花束は彼女から催促《さいそく》されたものだぞ？　どうしてそんな勘違いをするんだ」

「暗《あん》にプロポーズを催促していたのかもしれないじゃない」

「バカバカしい」

「バカバカしいとは何よ！」

傍《はた》から聞いたら、どうでもいいような痴話喧嘩《ちわげんか》だということはわかっていたが、お互い引っ込みがつかなくなっている。二人は揃《そろ》ってむすっと不機嫌に唇を結び、相手の目を見ようともしなかった。

しばらく気まずい空気が流れたが、ヴァレリーのことでの後ろめたさも手伝い、先に折れたのはフィンの方だった。

「俺がヤキモチをやいたら悪いのか？」

「え……ヤキモチ？」

「おまえが俺にヤキモチをやくように、俺だってヤキモチをやく。……スチュアートとキスなんてして欲しくない」

素直なフィンはやけに可愛らしく、アイリスの怒りの炎はしゅるしゅると音を立てて鎮《ちん》火《か》した。

「そうよね、ごめんなさい」

「いや、俺も悪かった。さっきのキスはおまえからしたんじゃないこともわかっていたのに」

仲直りの印として、淡《あわ》く唇を重ねる。フィンの行為はそれだけでは終わらず、するりとドレスをたくし上げていきなり下着の上から割れたそこを触ってきた。

「ダメよ……あまり時間がないの」

「スチュアートと朝食の約束をしているからか？」

「ええ、それに、こんなところを誰かに見られたら……」

人通りの少ない通路とは言え、いつメイドが通りかかるとも限らない。心配そうに辺りに視線を走らすアイリスとは対照的に、フィンはこの状況を楽しんでいるかのように薄く笑った。

「見られたら大変なことになるな」

「そうよ、だから……」

だけどフィンの指は止まることはなく、繊細《せんさい》な動きでアイリスの中から快感を引き出していく。

「あっ、はあ……だから、ダメ、なの……ん……」

「そうだな、ダメだな」

口ではそう言っているのに、フィンは下着の中にまで指を入れ、直接硬い部分を弄《いじ》り出した。

「んっ、あっ……はあ……」

アイリスの唇から熱い息が零《こぼ》れ出すと、フィンはニヤリと笑い、しゃがみ込んでスカートの中に上半身を入れてしまった。

「な、何を……」

「窓の方を向いて手をつけ」

「どうして……」

「いいから、言うことを聞け」

きゅっと、フィンが濡《ぬ》れた場所を摘まむ。

「あんっ」

抗《あら》えない快感に、アイリスは言われた通り窓に手をついて後ろを向いた。するとフィンはアイリスの下着を下ろし、お尻に顔を埋めるようにしてひだの間を舐《な》め出した。

「あっ……！　は……ん、んんっ、あふっ……」

フィンは舌を動かしながら、同時に指で硬い部分を摘まんで左右に弄っている。

目の前に広がる青い空があまりにも眩《まぶ》しくて、アイリスは背徳感を強く抱いた。だけどそれと比例して、興奮と快感までもが強くなる。

こんな場所で、お日様を目の前にして、お兄様にいやらしいことをされているなんて。

「あまり声を上げると、誰かが来るかもしれないぞ」

そう言われ、唇を噛《か》んで我慢しようとしても、どうしても勝手に声が漏《も》れてしまう。

「はあ……あ、あ……」

青空に霞《かすみ》がかかり、あと少しで絶頂を迎えてしまいそうになった時、なぜかフィンはスカートの中から出てきてしまった。

「……どうしてやめてしまうの？」

「そろそろ、テラスに行かないとならないだろう？」

「そう、だけど」

本当にあと少しで天辺《てっぺん》までいけたのに、途中で放り出された体は熱を持ったまま、疼《うず》いて止まらない。

「ほら、スチュアートが待ってるぞ」

「そんな、お兄様……」

物欲しげに、潤《うる》んだ瞳で自分を見上げるアイリスの唇を、親指でなぞる。すると素直な体は敏感《びんかん》にぴくんっと跳ねた。

「スチュアートとの朝食の間、我慢出来るか？」

意地悪く目を細め、フィンが唇の端を上げる。

「なにくわぬ顔で過ごせたら、後でご褒美《ほうび》をやろう」

「もう……何、それ……」

「給仕は俺も手伝う。少しでもスチュアートに気が付かれたらダメだぞ？」

フィンは完全にこの状況を楽しんでいる様子だ。これも、スチュアートに唇を許してしまったアイリスへの罰なのだろう。アイリスが知らないだけで、自分もヴァレリーに唇を奪われているわけだが、フィンはこの際、今はそれはなかったことにしておこうと決めた。

◆　◆　◆

アイリスがフィンより先にテラスに行くと、すでにテーブルの上には朝食の準備がされていた。

初夏の朝の空気は少し冷たく、そこで料理の湯気《ゆげ》とおいしそうな匂《にお》いがたちこめている。白いテーブルクロスの上には一通りの食事と、一輪挿《いちりんざ》しの花瓶《かびん》にバラの花が飾られていた。スクランブルエッグにソーセージとベーコン、焼いたトマトののったプレートに、ライ麦の混ざったパンとバター、それからマーマレードと、ミルクティー。これがスタンリー家の標準的な朝食だ。

「やあ、アイリス、君はここに座って」

引かれた椅子に座るとすぐ、フィンがやってきて給仕の手伝いをすることをスチュアートに告げる。

「アイリス様、お砂糖《さとう》はお一つでよろしいでしょうか」

すまし顔でアイリスの横に立つフィンが、少し憎らしい。

「ええ、一つで……」

答えると、フィンは手際《てぎわ》よくシュガーポットからスプーン一杯の砂糖をアイリスのカップの中に落とし、かき混ぜた。

あまり食欲はないが、食べなければきっとスチュアートが心配をするだろう。

そう思ってパンを取ろうと手を伸ばした時、下着に擦《す》れたアイリスの胸の先がきゅんっと疼いた。

「っ……」

「どうしたんだい？」

「……なんでもないわ」

濡れたままの下腹部からさらに新しい蜜が溢《あふ》れ出し、下着をじわりと湿らせる。そんなはずはないのに、アイリスは自分からいやらしい匂いが漏れているんじゃないかと不安になった。

「たまごはお召し上がりになりますか？」

「え、ええ」

無理矢理笑顔を作って頷《うなず》くと、フィンはパンのプレートをずらし、スクランブルエッグ

ののったプレートを目の前に置いてくれた。その時ふいに指と指が触れ、体中が痺《しび》れる。

「あ……」

「如何《いかが》なさいましたか？」

全てわかっているはずなのに、フィンは大袈裟《おおげさ》に目を丸くしてみせる。

「マ、マーマレードを取ってちょうだい」

「マーマレードなら、アイリス様の目の前にございますが」

「あっ！　ほ、本当ね」

落ち着かない様子のアイリスに、スチュアートが目を丸くする。

「ぼんやりしてどうしたんだい？」

「……ごめんなさい、なんでもないのよ」

フィンがスチュアートからは見えないように、くすっと小さく笑った。その笑い声はアイリスの体を鎮めるどころか、ますます波を立て、奥を熱くしていく。

少し体を動かすだけで、自分の声が響くだけで、体中が痛いぐらいに疼いて息は荒くなる。この体を治めることが出来るのは、フィンしかいない。

「アイリス、もしかして体調が悪いのかい？　だったら、部屋で休んでいいんだよ？」

「う、ううん、大丈夫」

ぎこちなく笑ったその時、フィンが持っていたスプーンを床に落とした。

「失礼致しました」

テーブルクロスの中に落ちたそれを拾うため、フィンはしゃがみ込むとクロスを軽く持ち上げた。そしてクロスで手を隠すようにして、するりとアイリスの足首を撫でた。

「んっ……！」

「アイリス？」

スチュアートがカップを持ち上げたまま、訝《いぶか》しげな視線を向ける。アイリスはさっき砂糖を入れてもらったばかりの紅茶にさらに砂糖を足すと、それをスプーンでくるくるとかき混ぜて声を震わせて笑った。

「ふふっ、なんでもないのよ。本当に、なんでも」

今の、絶対にわざと落としたんだわ。

泣いて抗議《こうぎ》したくても、フィンはスチュアートの後ろで素知《そし》らぬ顔で立っている。だけどその唇の端は僅《わず》かに上がっていて、ほくそ笑んでいるように見えた。

意地悪なんだから……。

アイリスはなんとか取り繕《つくろ》いながら、やけに長く感じられた朝食の時間をやり過ごした。そしてすぐに部屋に戻ると、自分の体を抱きしめながら、ベッドの上でフィンの訪《おとず》れを待った。

◆
◆
◆

欲情にかられたアイリスの顔は、なんて可愛いのだろう。

フィンは先ほどの光景を思い出し、何度も笑いを堪《こら》えながらアイリスの部屋に向かっていた。

スチュアートはアイリスの様子がおかしいことに気が付いていたようだが、まさかそれが色欲によるものだとは思っていなかっただろう。それを知っているのはフィン一人。そう思うと、密《ひそ》かな優越感《ゆうえつかん》が生まれる。

辺りを気にしながらアイリスの部屋のドアを軽く叩き、気怠《けだる》そうな返事が返ってくるのを確認するとそっと扉を開けた。

ベッドの上でとろんとしたいやらしい目でこちらを見るアイリスに、滾《たぎ》るものを感じたが、それは隠してゆっくりとベッドに近づく。

「我慢出来ないって顔だな」

「うっ……お兄様の意地悪……！」

たまらなくなったのか、アイリスは大粒の涙を流してフィンに抱きつくと、がむしゃらに唇に吸い付いて、自ら舌を絡めていった。

「早く体を鎮めて……じゃないと、おかしくなりそうよ」

「わかってる。おまえがいやになるぐらい、何度もいかせてやる……」

ヤキモチをやくのがバカバカしくなる。

フィンは皮肉に笑い、だけど心の中では溢《あふ》れるぐらいの悦《よろこ》びと共にアイリスを抱きしめた。

可愛い妹はもうフィン以外の男ではダメになっている。そして、それと同じぐらい、フィンもアイリス以外の女ではダメになっている。

この体の全てを俺のものに出来たら——。

何度も願い、その度《たび》振り払ってきた、今は叶えてはいけない願いを心の中で唱《とな》えながら、フィンはアイリスの胸に唇を埋めた。

第十一章　永遠の約束を

次の日も、またその次の日も、そしてそのまた次の日も、ヴァレリーは城を訪《おとず》れた。

いや、フィンを訪ねたと言ってしまっても構わないだろう。

馬車まで迎えに行くのはもちろんフィンの役目だったし、申し訳程度に伯爵《はくしゃく》に挨拶《あいさつ》をした後は、彼女はフィンにべったりだった。だけど伯爵を始め、スチュアートやシルヴィアまで、それに眉《まゆ》をひそめることはしない。

ここまで来るといい加減、ヴァレリー嬢《じょう》の自分に寄せる想いには気が付いていたが、フィンはとぼけてそれに気が付かない振りをすると、一定の距離《きょり》を保《たも》ちながら接した。

それが却《かえ》っていけなかったようだ。

生真面目《きまじめ》で誠実《せいじつ》だと、彼女からすっかり気に入られてしまった。

ならばいっそ乱暴《らんぼう》に扱い、押し倒して嫌われてしまおうかと思ったが、それならそれで、彼女は今まで見せなかったフィンの一面に狂喜乱舞《きょうきらんぶ》してしまうだろう。

どちらにしても事実は一つ。

——ヴァレリー嬢はフィンにくびったけということだった。

◆
◆
◆

昼間、散々《さんざん》ヴァレリー嬢のご機嫌《きげん》を取り、疲れの色を隠せないまま部屋を訪れたフィンに対して伯爵が投げかけたのは、なんとも場の空気を読まない一言だった。

わかっているのなら、帰してくれればいいものを。

心の中で毒《どく》づき、フィンは柔らかく笑う。

「いえ、別に。ところで、私に何の御用でしょうか」

自分に対して罪悪感《ざいあくかん》があるのかわからないが、伯爵は二人きりで話すことをこれまで意図的に避《さ》けてきたように感じられた。その伯爵がわざわざフィンだけを呼びだしたのだ。

とても大切な話があるに違いない。

「その……フィン、おまえはヴァレリー嬢のことをどう思う?」

「……どうと仰いますと?」

「彼女は美しく聡明《そうめい》で、気立てもいい。おまえにぴったりな女性だと思うのだが」

なるほど、そういうことか。

フィンは全て納得した。

つまり、ヴァレリー嬢との出会いは最初から筋書きがあり、周りのお膳立《ぜんだ》てがあってのことだったのだ。

父に連れられて友人の城に遊びに来た富豪の末娘《すえむすめ》が、その先で使用人と出会い恋に落ちる。娘は周囲の反対を押し切り、様々な困難《こんなん》を乗り越えて最後は使用人と結ばれる。

こんな夢物語、滅多《めった》にあったものじゃない。

もっとも、今回の場合、周囲の反対はただ一人を除いては皆無《かいむ》に等しいし、乗り越えるような困難はない。むしろ困難に立ち向かわなければならないのは使用人の方だ。

娘は筋書き以上に使用人に惚《ほ》れ込んでいるようだし、それに反比例するかのように、使用人は娘には全く興味を持てないでいるのだから。

――さて、どうやって断ればいいか。

思案した後、フィンが選んだのは極々《ごくごく》ありきたりで無難《ぶなん》な台詞《せりふ》だった。

「申し訳ございませんが、私にはもったいないお話で、恐れ多くてお受けするわけには参りません」

「先方は大変乗り気だ。おまえが気負《きお》いするようなことではない」

「しかし私はまだ二十二になったばかり。いささか早すぎるように感じられます」

「私がその歳にはもう妻《めと》を娶り、爵位《しゃくい》を継いでいた」

「……左様《さよう》でございますか」

どうやら、話はもう、ほぼ決まっていることのようだ。

「しかし、なぜ突然……」

疑問に思ったことをそのまま口にする。

城に来てから二ヶ月あまり。まだ執事《しつじ》の職にもついていないただの見習いであり、居候《いそうろう》でもあるフィンを、どうして結婚させようと思ったのかその理由がわからない。

「おまえには、マーロン家へ婿《むこい》入りしてもらうことにした」

予想もしなかった言葉に、さすがのフィンも絶句《ぜっく》した。

「スチュアートが私の跡を継ぐのも先に延びたことだし、それまでおまえを見習いのままここに置いておくのも体裁《ていさい》が悪い。特にシルヴィアが不機嫌《ふきげん》になることだろう」

違う。

それは後から作った嘘《うそ》だと、フィンは咄嗟《とっさ》に思った。

スチュアートが結婚を延期することを伝える前から、ヴァレリー嬢は城に遊びに来ていた。今回の筋書きを考えると、今の伯爵の説明とは矛盾《むじゅん》が生じてしまう。

結婚の延期の前から、伯爵はフィンを城から出すことを考えていたのだ。

「納得いきません」

きっぱりと答えると、伯爵は苦悩に表情を歪《ゆが》ませた。

「おまえには、私の勝手で辛い思いばかりさせている。本当にすまない」

「そんなことが聞きたいんじゃありません。ちゃんと納得のいく説明をして欲しいだけです」

「理由は今の通りだ」

「嘘をつかないで下さい、伯爵。いいえ、父上」

今度は伯爵が言葉を失う番だった。唇《くちびる》を震わせ、目を見開いてフィンの顔を凝視《ぎょうし》している。

しばらくの間沈黙が部屋を支配し、ただ時だけがゆっくりと流れていった。

「……いつまで」

唇を先に開いたのは伯爵の方だった。

「いつまで時を戻せば、おまえたちは幸せになれるのだろう」

「おまえ、たち?」

「あの時シルヴィアとの縁談《えんだん》を断り、引き離さずにずっと一緒に育てていればよかったのか。そうすれば邪《よこしま》な気持ちは抱かず、兄として慕《した》うだけに留まっておくことが出来たのだろうか。いや、それでもきっと、あの子はおまえを好きになっていたのだろう。いつ、どこで、どんな状況で育ったとしても、あの子はおまえを……」

「え……」

フィンの鼓動《こどう》が激しく波を打ち始め、心臓が喉《のど》の辺りまでせり上がってくる錯覚《さっかく》に襲《おそ》われた。

「今、なんと？」

「最初はまさかと思ったが、私にはわかってしまった。あの子は……アイリスは、血の繋《つな》がった兄であるおまえに本気で恋をしているようだ」

「仰《おっしゃ》っていることが、よく……」

笑って誤魔化《ごまか》して話を終わらせてしまおうとしたのに、フィンの出した声は自分が思った以上に重く低かった。

「一度引き離し、再会させたことがあの子の心に火を点《つ》けたのかと思った。だがもしかすると、あの子は子どもの頃からおまえを好きだったのではないかと、最近思い始めたのだ。それほど、あの子のおまえに対する想いは強く見える。……おまえは気が付いているのか？　アイリスが自分に向ける想いに」

「いえ、私には、よく……」

声が震えて上手《うま》く返事をすることが出来ない。そんなフィンの顔を見ないまま、伯爵は大きくため息をついた。

「死ぬ前に、もう一度息子のおまえと暮らしたかった。それが私の我《わ》が儘《まま》な望みであり、アイリスももちろん喜んでくれるだろうと思った。だが、それは間違いだったのだろうか。二人を再会させなければ、こんなことにはならなかったのだろうか」

「伯爵……」

「あの子は死んだ母親に似て頑固《がんこ》だ。何か決定的なことがなければ諦めないだろう。諦められなければ、苦しむのはアイリスだけじゃない。おまえも、そしてスチュアートも辛いだけだ」

伯爵はどこまで知っているのだろう。

言い方からして、アイリスの片想いと思っているのかもしれない。だが、全てをわかっていてとぼけている可能性もある。もしかするとそれが、伯爵からフィンへの、精一杯の親心なのかもしれない。

「幸い、スチュアートやシルヴィアは何も気が付いていないようだ」

フィンは茫然《ぼうぜん》とするあまり、頷《うなず》くことすら出来なくなっていた。伯爵は場を仕切り直すように深呼吸をすると、顔を上げてフィンの目を見て言った。

「おまえではアイリスを守ることは出来ない。それどころか不幸にするだけだろう。それをわかっているのなら身を引け。それをしなければ……」

伯爵は最後までは言わずに憂鬱《ゆううつ》な顔で黙り込むと目を閉じた。だけどフィンにはちゃんと、声なき声が聞こえていた。

『どんな手段を使ってでも引き離す』

「……承知《しょうち》、致しました」

カラカラに渇いた喉から、やっとの思いで言葉を振り絞る。

「マーロン氏との話は詰めておく。心の準備だけはしておいて欲しい」

「はい……」

頭を深く下げると、フィンは部屋を出た。

扉を閉める直前、伯爵の顔をもう一度見てみたが、彼は目を閉じたまま、眉間《みけん》の皺《しわ》をますます深くしていた。

扉を閉めると、フィンは廊下の壁に軽く寄りかかり、天井からぶら下がる照明をぼんやりと目に映した。

胸が痛くなるほど鼓動が速く、喉が渇《かわ》いて上手く息をすることが出来ない。

いつかはばれると思っていた。

ばれても構わないとさえ思っていた。

だが、現実を目の前にした途端に足元が抜けたような錯覚に陥《おちい》り眩暈《めまい》がした。

——おまえではアイリスを守ることは出来ない。

伯爵の声が頭の中をこだまする。

しばらくの間そうやってぼんやり佇んでいたフィンだったが、やがて勢いをつけて体を起こし、早足で廊下を歩き出した。


今夜は部屋にいると思ったのに、フィンは不在だった。仕方なく、アイリスは一人、トボトボと廊下を歩いていた。

「まあ、何をしているの、アイリス」

曲がり角でばったり出会ったシルヴィアは、ほんのりと頬《ほお》を紅潮《こうちょう》させていた。

まさかフィンの部屋の帰りとは言えなくて、適当に誤魔化す。

「眠れなかったから、図書室に本を借りに……」

そう言ってから、自分が手ぶらであることに気が付く。だけどシルヴィアの方は気に留める様子もなく、ずり落ちたアイリスのショールを肩に掛け直してくれた。

「こんな夜中に一人で出歩いてはダメよ」

本当は夜中と言われるほどの時間ではないのだが、過保護《かほご》なシルヴィアにとって、今はアイリスが一人で出歩いていい時間ではないのだろう。

「すぐに戻るわ」

「ええ、そうしてちょうだい」

大袈裟《おおげさ》に大きく頷いたシルヴィアからは、ほんのり酒の香りがした。きっと、娯楽室《ごらくしつ》で使用人相手にチェスでもしながらワインを楽しんでいたのだろう。

「ああ、今日は少し酔ってしまったわ」

ご機嫌な様子のシルヴィアに、今なら口が軽くなっているのではないかと思ったアイリスは、思い切ってずっと聞きたかったことを聞いてみた。

「ミス・ヴァレリーは、どうして最近頻繁《ひんぱん》にこのお城に出入りしているの？」

「ヴァレリー？　ああ、マーロン氏のお嬢さんね。あれはお見合いのためよ」

「……おみあい？」

「上手くいきそうな感じね。そうなったらスチュアートの新しい執事を探さないとならないけど、こちらはどうにかなるでしょう」

「新しい執事？　何を言ってるの、お母様」

「それがね……」

フィンがマーロン家に婿入りする話が持ち上がっているということを聞きながら、アイリスは自分の体の血液が冷えていくのを感じていた。

「どうして……どうしてそんな酷《ひど》いことを……！」

「……酷い？　何が？」

「追い出したフィンを呼び戻して、またお城から追い出すなんて、お父様ったら酷いわ！」

アイリスの激昂《げっこう》の意味がシルヴィアにはわからなかったようだ。本気で不思議そうな顔で首を傾げている。

「何を言ってるのアイリス。フィンにとって、これほどの良縁《りょうえん》はないじゃないの。どうせこのお城にいたって、いつまで経っても愛人の子どもという目で見られるわ。だけどあちらの家に行けば伯爵家の血を継いでいるということできっと大切にされるでしょう?」

育ちゆえに仕方ないとはいえ、相変わらずのシルヴィアの独善に満ちた物言いはアイリスにとって不快だ。

そして執事という職に甘んじることになっても、まだ、フィンはこの城の中では愛人の子どもという、蔑《さげす》まれるべき存在だということを痛感して、アイリスは泣きそうになってしまった。

「まあ、あなたにはあまり関係のないことかもしれないわね。さあ、もうお部屋に帰りなさい」

「……ええ、おやすみなさい……お母様……」

無造作《むぞうさ》にシルヴィアの頬にキスをし、おぼつかない足取りで廊下を歩く。

角を曲がり、シルヴィアから見えない場所まで来ると、アイリスは堰《せき》を切ったように走り出した。

「お兄様！」

半分泣いているような声を出して扉を開け、アイリスが自分の部屋に飛び込むと、窓際に佇《たたず》む細長い影がすぐに目に入った。

自分の部屋にいなければきっとアイリスの部屋にいるだろう。

その考えが当たったことも嬉しかったが、フィンがここでアイリスを待っていてくれたという事実が何より嬉しかった。

「お兄様……！」

抱きつくと、アイリスは広い背中に両腕を回してしがみついた。

「お兄様、どこにも行っちゃいや！」

「……聞いたのか？」

「またあの時のように、私の前からいなくなってしまうの？　また離れ離れになってしまうの……？」

涙を流してすがるアイリスに、フィンは触れようとしない。手をだらんと横に垂らし、哀《かな》しいため息をアイリスの頭の上に落とすだけだ。

それが、フィンが出した答えのように思え、アイリスの瞳からますます大粒の涙《なみだ》が溢《あふ》れる。

「お兄様、なんとか言って、お願い！　他の誰かのものにはならないとはっきり言って！」

それでもフィンの腕《うで》はぴくりとも動かない。

今、フィンはどんな顔をしているのだろう。

幼い頃の別れの日と同じように、諦《あきら》めたような顔で美しく微笑んでいるのだろうか。それとも悔しさに唇を噛《か》み、どうにも出来ない運命を嘆《なげ》いているのだろうか。

そのどちらだとしても、怖くて見ることが出来ない。

「……お兄様」

何度目かに名前を呼んだ時、ようやくフィンの腕が動いた。しかし、ぎこちなくアイリスの両肩に置かれた後、また動かなくなる。

このまま、突き放されてしまったらどんな顔をすればいいのだろう。

最悪の事態を想像し、アイリスは息を止めて次のフィンの動きを待った。

果てしなく長い沈黙が二人を支配する。

アイリスが息を止めていられるぐらいだから、実際はそれほどの時間ではなかったのだろう。だけどアイリスには、永遠に終わらない時間のように感じられた。

苦しくなって息を吸い込み、軽く顎《あご》を上げる。

「んっ！」

突然襲ってきた絡みつくようなキスは、アイリスの呼吸をますます苦しくさせる。そして苦しくなったのは息だけではなかった。

このキスにはどういう意味が込められているのだろう。

最後のキスのつもりなのだろうか。

それを考えるだけで胸が苦しくて壊れてしまいそうになる。そんなアイリスの心を知ってか知らずか、フィンは情熱的なキスを続ける。舌の裏を付け根から先まで舐め上げ、上唇を甘く噛み、頬の裏にまで舌を這わせた。

フィンの口づけは媚薬《びやく》のようにアイリスの体から熱を引き出し、思考を停止させてしまう。

後のことなどどうでもよくなり、今ここで温《ぬく》もりを分かち合うことが、世界中で一番大切なことなのだと思ってしまう。今すぐに裸になって抱き合いたい、お互いの体の形を唇で確かめたいのに、フィンはキスから先になかなか進んでくれない。

痺れを切らしたアイリスは、フィンの前にしゃがみ込むと下腹部を指でなぞった。

「お兄様、してもいい？」

フィンは何も答えなかった。

その代わり、自らそれをアイリスの前に取り出してみせた。

最初は戸惑《とまど》った赤黒くそそり立つ不思議な形も、今は愛しくて、可愛くて、すぐにでもしゃぶりつきたくなる。フィンの口から、自分で感じている声を引き出したくて、うずうずしてくる。そしてそれを想像するだけで、アイリスの下腹部はじんわりと濡《ぬ》れてしまうのだった。

アイリスは包み込むように優しく両手でそれの根元を持つと、先の方に軽く口づけをした。裏に一本通る筋に沿うように親指を当て、手の平全体を使ってフィンの形を確かめるようにゆっくりと動かすと、先から濃い匂いのする蜜《みつ》が溢《あふ》れ出してきた。

少し硬くなっていただけのそれが、アイリスの愛撫《あいぶ》によって硬さを増してぴんと反り立つ。

アイリスは体勢を改めると背筋を伸ばし、今度はそれを上からぱくりと咥《くわ》え込んだ。そして歯を立てないように気を付けながら、唇を滑らせていく。

「は……あむ……ん」

「く……そんなに激しくするな」

切ない喘ぎ声を漏らしながら、フィンの体が揺れる。その声をもっと聞きたくて、アイリスは自分の口の周りがよだれまみれになるのも厭《いと》わず、夢中でそれを舐め上げた。

フィンの手がアイリスの頭を押さえつけ、喉の方までそれが侵入してくる。

「んっ！」

苦しくて何度も喉を鳴らしながら、それでもアイリスはフィンのものを離すことなく舐め続ける。

「あむっ……んっ、う……はあ」

さすがに息が続かなくなって唇を離したら、ぬらついたそれはやけに淫靡《いんび》に卑猥《ひわい》に光って見え、アイリスは興奮で下着が濡れるのを感じていた。

「お兄様、私ね、少し……興奮してきちゃった」

子どものような言葉遣いで、アイリスは内腿《うちもも》を擦《す》り合わせる。

「来い、気持ちよくさせてやるから」

「でも、まだこれを舐めていたいの」

まだ一度も自分の中に入ってきたことがないフィンのものに再び唇をつける。これが中に入ってきたら、どんな気持ちになるのだろう。きっととても痛いだろうけど、その痛みの数倍幸せなはずだ。

ちゅぱちゅぱと音を立てて舐め続けるアイリスの頬を、長い指が撫でる。

「じゃあ、お互いに気持ちよくさせるか？」

「どうやって？」

首を傾げるアイリスを抱き上げ、ベッドに寝かせるとフィンはドレスのボタンを一つ一つ丁寧《ていねい》に外した。そして下腹部を包んでいた下着をはぎ取ると、アイリスを自分の上で四つん這《ば》いにさせ、そこを指で押し開いた。

「えっ、お兄様!?」

このままでは、いつも見られている場所より、もっと後ろ……お尻の穴まで見られてしまう。

「そこは見ないで……！」

「だけどこうしないと互いに愛撫出来ないだろう？」

くちゅっと、いやらしい音を立ててフィンが濡れた場所を舐める。心なしか、目の前のフィンのものも少し大きくなったように見えた。

「んんっ、ふあ……」

体は敏感に反応して腰は勝手に動き、奇《く》しくも恥ずかしい穴をフィンの鼻先に近づけてしまう形になった。

「なんだ、恥ずかしかったんじゃないのか……？　俺の方に押し付けたりして、いやらしいな」

「ん……恥ずかしい」

「だけどおまえは、恥ずかしいのも気持ちがいいんだろう？　おまえはいやらしいからな」

「違うわ。お兄様だから、こんなに感じるのよ……」

きっと、他の人ではこんなに乱れることはないだろう。フィンの指や舌は、いつだって的確にアイリスの好きな場所を探り当ててしまう。

どうしてなのか聞いてみたいけど、きっとフィンは笑ってこう答えるのだろう。『おまえのことだったら、なんでもわかってしまうんだ』と。

「随分と可愛いことを言ってくれるんだな……」

つんっと、舌の先が硬い部分を突く。

「もうこんなに硬く膨《ふく》れてる。淫《みだ》らな体だな」

「そんな意地悪《いじわる》、言わないで……」

だけど本当は、意地悪なことを言われるのも嫌いじゃない。だってそれは、フィンの唇から紡がれたものだから。

「舐められるのと、俺のものを舐めるの、おまえはどっちが好きなんだ？」

「両方、好き……」

舐められるのはもちろん好きだけど、舐めるのも好きだ。中には入れてもらえなくとも、口の中に含めば直接フィンの熱を感じることが出来るから。

「だったら、口を休めるな。俺のもちゃんと舐めるんだ」

「ん……あむ……ちゅ……」

少し咥えにくい体勢だったけど、アイリスはそれを自分の方に引き寄せると再び口に入れた。

「そうだ……いい子だな……」

「はむ……私、うまく出来てる……？」

「ああ、とても上手だ……」

ふっと笑った息がアイリスのそこに吹きかけられ、ぞわぞわと心地のよい鳥肌《とりはだ》が全身を包む。フィンから上手と褒《ほ》められたことが嬉しくて、さらに懸命《けんめい》に舌を動かすと、それに呼応《こおう》するようにフィンがアイリスの濡れた場所を舐める動きも激しくなった。

硬い部分を舐められ、吸われ、唇で挟んだまま左右に弄られ、目の前がだんだん白くぼやけていく。遠くに連れて行かれそうになる意識の中、それでもフィンのものを口に入れたまま必死で舐めた。

「あ……む……お兄様、いっちゃう」

「……いっていい」

「ん……でも、お兄様と一緒にいきたいの……」

一緒にいけたら、二人の結びつきはもっと強くなるような気がする。だから、一緒がいい。

「いい、我慢しないで。おまえのいきたい時にいけ……」

「でも、一緒……一緒がいいの……」

「いいから。一緒じゃなくても、いい」

それは決別の言葉のように聞こえ、アイリスはフィンのものを夢中で舐めて、同じタイミングでいけるように努めた。

「……一緒がいいの……お兄様……！」

我慢してなかなかいこうとしないアイリスに、フィンは薄く笑うとさらに強くそこを吸い上げた。

「あ、あ……ダメ、ああっ……！」

「ほら、いけ。いくんだ……」

「んんっ……あ……やあ……あ……！」

どんなに強い意志を持ってしがみついても、アイリスの体の奥は何かに吸い込まれるように上昇していく。

「いけ……ほら、いけよ……！」

乱暴な言葉と共にぎゅうっとそこを強く押され、アイリスを引き留めていた糸がぷつりと切れた。それを合図に体の奥から強い波がせり上がってくると、眉間《みけん》から抜けてふわりと目の前に広がった。

「ふあ……あ、あ、あ……ああっ……！」

力が抜け、体中の関節がガクガクと小刻みに震え、フィンの上にがくりと倒れ込む。

「はあ……はあ……あ、あ……」

「いったんだな……」

「ん……っ……」

体が得た満足感とは裏腹に、アイリスの瞳からは大粒の涙が零れていた。

一緒にいきたかったのに。

中に入れてもらえないのなら、せめて同じタイミングでいきたかったのに。

「うっ、えっえっ……お兄様のバカ……」

ベッドの上で丸くなり、迷子の幼子のように泣きじゃくるアイリスを抱きしめて、頭を撫でながらフィンが囁く。

「バカだな、どうして泣くんだ」

「だって、最後なのに意地悪をするんだもの」

「どうして最後だと決めつける？」

「え……？」

涙で濡れてぐしゃぐしゃになった顔を隠すこともせず、アイリスがきょとんとフィンの顔を見る。その顔があまりにも可愛くて、フィンは衝動的《しょうどうてき》に、壊れるぐらい強くアイリスを抱きしめていた。

「無事に逃げることが出来たら、その時はおまえを最後まで抱きたい。いいか？」

「お兄様……!?」

「俺と一緒に逃げてくれ。簡単ではないかもしれない、きっと辛いことも苦しいこともたくさんあるだろう。だけど、俺について来てくれ」

この言葉を口にするまで、フィンはどれほど深く悩んだことだろう。おまえではアイリスを守れないと言った伯爵の苦悩に満ちた表情を思い浮かべながら、どれだけ自分のふがいなさを、そしてアイリスの兄として生まれてしまった運命を呪ったことだろう。

身を引いてアイリスの幸せを見守ろうか、それともどちらかが破滅するまで、茨《いばら》の道を突き進もうか。

だけどフィンは気が付いてしまった。

どの道を進もうが、自分の気持ちは一つの場所にしか辿り着かないのだ。

——アイリスを手放したくない。

「一生俺の傍《そば》にいてくれ。他の誰からも祝福されなくとも、神から見放されようとも構わない。おまえさえ傍にいてくれれば俺はそれで幸せになれる」

「あ……あ……」

歓喜《かんき》に震《ふる》えた唇は上手く声を発することが出来なくて、アイリスはフィンの腕に強くしがみついた。

「おまえはどうだ？　一生俺の傍にいたいと思うか？　全てを投げ打ってでも、俺について来る自信があるか？　幸せになれるか？」

「あ……あ……お兄様。私の気持ちはとっくに決まっているのよ。ずっと、ずっとお傍に置いて下さい。愛しています……！」

「俺もだ。ずっと昔から、そして今も、おまえだけを愛してる……」

アイリスの頬を真珠《しんじゅ》の涙が伝い、手の甲に落ちて光る。それは溢れ出して止まらない、喜びの涙だった。

「お兄様……」

「フィンと呼べ。もう、兄とは呼ばせない。今日から俺はおまえの兄であることを捨てたんだから」

それは裏を返せば、今まで兄と呼ばせることで、一線を保《たも》ってきたということなのだろう。アイリスは大きく頷くと、少し恥じらいを込めてその名前を呼んだ。

「フィン」

震える声が可愛くてたまらず、フィンはアイリスの背中を引き寄せると、白い胸に唇を合わせた。

「あ……」

強く吸い付かれた柔肌《やわはだ》には、ぽっと赤い小さな痕《あと》がついた。それはまるで、小瓶《こびん》の中で揺れる赤いバラの花びらのようで、アイリスは愛しくなると指でなぞった。

「お兄様、これは」

「これでもう、おまえは俺のものだ。他の誰に肌を見せてもいけない。わかったな？」

「もちろんよ……」

フィンが初めて残してくれた痕に両手を当て、アイリスが大きく頷くと、再び新しい涙がぽろりと零れた。

それから二人は、飽きるほど抱き合い、指と指を絡ませ、唇を重ねた。明《あ》けの明星《みようじよう》が空に輝き出した頃、フィンは眠るアイリスの瞼《まぶた》に口づけを落とすと、そっとベッドから下りた。

明けない夜はないと、最初に言ったのは誰だったのだろう。気が付けば、朝はもうそこまで来ている。

窓の外のほの白い空を見るフィンの表情は、いつになく清々《すがすが》しかった。

第十二章　決闘

城を出る日は、明日の明け方に決まった。

伯爵《はくしゃく》夫妻は今日の夕方から友人宅に招《まね》かれていて、三日ほど外泊をするのだ。当然、伯爵とシルヴィア付きの使用人たちもお供することになり、必然的《ひつぜんてき》に城の中は人の目が少なくなる。そこを狙ってのことだ。

荷物は必要最小限しか持って行けないと言われ、アイリスは一泊用の小さなトランクに、数日分の下着と着替えのドレスを一着、それからコルセットにお気に入りの紅茶の葉にシャーリーからもらった絵本、誕生日にもらったオルゴール、滑《なめ》らかに字が書ける羽根ペンと花の透《す》かしが入った便箋《びんせん》と……。

結局溢《あふ》れるぐらいの荷物になってしまい、入れては出してを繰り返したあげく、下着を数日分と一番軽い着替えのドレスを一着、気に入っていたアクセサリーを数点と絹《きぬ》のリボンだけをトランクに詰めた。

一番悩んだのがコルセットだったが、かさばるし、いつもフィンが脱がせにくいと文句を言っているのを思い出し、クローゼットに戻した。

出発の時間が来るまで、お互いの部屋には近づかないと決めていたため、支度《したく》が終わると、アイリスは一日フィンと接触することを避けながら後は通常通りに過ごし、午後になって伯爵夫妻が出かけるのを見送った。そして夕食後は使用人たちには一人でいたいからと言い、部屋にこもり、隠しておいたトランクをベッドの下から引きずり出し、それを抱きしめて窓際の椅子《いす》に腰かけた。

明日の朝には、この城を出る。

緊張《きんちょう》して、そわそわして、さっきから何度も時計を見るけど、長針はまだ半周も動いておらず、夜明けにはまだ遠い。

何があっても、この先ずっとフィンについていく覚悟は出来ている。

唯一の心残りは両親とスチュアートのことだ。

惜しみなく与えてくれた愛情に背《そむ》いたことをせめて謝りたかったが、それすら出来ないことに胸が痛む。せめて手紙をと思ったが、二人がいなくなったことに気が付かれるのを少しでも遅くするためには、痕跡《こんせき》を残すわけにはいかなかった。

「……そうだ」

あることを思い立つと、アイリスは辺りを気にしながら庭に出た。

久しぶりに来た花園《はなぞの》は、すっかり夏の顔になっていた。

片隅に咲いていたアイリスも姿を消し、今そこには名も知らない草が生《お》い茂《しげ》っている。

アイリスはレンガの隙間に手を入れると、あの小瓶を取り出した。最後に花びらを取り出してからは何も入れていなかったので、瓶は空っぽのままだ。アイリスはそこに、四つに折りたたんだ小さな紙を入れ、元に戻した。

『悪い子でごめんなさい、今までありがとう』

忘れ去られたこの場所に隠した小さな瓶だけど、きっといつかは誰かが気が付いてくれるだろうということをアイリスは祈った。

「アイリス？」

自分を呼ぶ声に吃驚《びっくり》し、恐る恐る振り返る。そこに微笑むフィンの姿を見つけた時、アイリスは崩《くず》れ落ちそうになるぐらい安堵《あんど》した。

「おまえもここに来ていたのか」

「ええ。……最後の夜だし」

「そうだな。ここことも、お別れだな」

自然と隣《となり》に肩を並べると、二人は同じ角度で月を見上げた。濃紺《のうこん》の夜空にぽっかりと浮かんだ月は、優しい光を二人の頭上に注いでいる。

「あれが結婚式の真似《まね》だったってことを、おまえはわかっていたか?」

月を見るフィンの顔は、ほんの少し照れくさそうに見えた。

「冠《かんむり》を頭にのせた花嫁を前に、様々な約束をし、最後に誓いのキスをする。あれは、結婚式のつもりだった」

不器用な手で作った少し不格好な花冠《はなかんむり》。他愛《たあい》もない約束、指きり、そして淡《あわ》く重なった唇。

あの日の思い出はもうセピアではない。鮮やかにアイリスの中で蘇《よみがえ》っている。

「結婚式のつもりだったってこと、ちゃんとわかっていたわ」

頷《うなず》くと、アイリスの目の前で月の光よりも優しい笑みが零れた。

「もう一度言う。ずっと、一緒にいよう」

あの日と同じ台詞だけど、今度は違う。ちゃんと、小指が差し出されている。

「ええ、ずっと、一緒にいるわ」

二つの小指がしっかりと絡まる。

——今度こそ、この誓《ちか》いは守られる。

大きな月の下、二人は触れるだけの淡い口づけを交わした。

◆　◆　◆

部屋に戻り、しっかりと扉《とびら》を閉める。やはり人が少ないのか、戻ってくるまでの間、誰かとすれ違うことはなかった。

このままなら、きっと上手《うま》くいくわ。

自分に言い聞かせるように頷いたその時だった。

「旅行にでも行くのかい？」

ふいうちで聞こえた言葉に顔を上げると、部屋の真ん中のソファーに腰かけこちらを見ているスチュアートと目が合った。

足元には、アイリスのトランクが転がっている。

「トランクなんて、どうしたんだい？　旅行の支度だったら、メイドにさせればいいのに」

少しの間だから大丈夫だと思い、トランクをベッドの下に隠さないまま部屋を出てしまったことを、アイリスは心から後悔していた。

どうしよう、なんて言い訳をしよう。

咄嗟《とっさ》に上手い嘘《うそ》が思い浮かばなくて、小さなトランクを見つめる。

「あ、あの、中は空なの。小物入れ代わりに使いたくて、それで……」

「空なの？　何か入っていそうな重さだよ」

スチュアートがトランクを持ち上げた時、アイリスは小さく悲鳴を上げそうになった。

「ほら、重い。何が入ってるのか見てもいいかな？」

「あっ、ダメ!!」

小走りで駆け寄ると、トランクの上に被さる。

「ダ、ダメなの。中は見ないで……」

「どうして？」

「……どうしても」

「へえ」

穏やかな瞳の奥に冷たい炎が見え、逃げようとしたが一瞬遅く、アイリスはスチュアートに腕を摑《つか》まれていた。

「一緒に逃げる相手はフィンかい？」

「な、なんのこと？」

「薄々《うすうす》、そうなんじゃないかと思っていた。だけど、まさかと思う気持ちの方が強かった。だって、君たちは兄妹だろう？　血の繫《つな》がった、正真正銘《しょうしんしょうめい》の兄妹だろう？」

声を荒らげるでもなく、哀《かな》しみに体を震わせるでもなく、ただ静かに言葉を紡《つむ》ぐ姿が、却《かえ》って内側に宿る激しい炎を現しているようで怖かった。

「どうしてフィンなんだい？　よりによって、どうして実の兄なんだい？　義理の兄とは恋が出来ないのに、君は実の兄とだったら恋が出来るんだね。普通は逆じゃないのかい？」

「ち、違うわスチュアート、私とお兄様はそんな、そんな関係じゃ……」

「嘘をつくな！」

突然の怒声《どせい》にアイリスは凍《こお》り付いたように動けなくなった。穏やかで優しかったスチュアートのこんな声を聞くのは初めてだ。

「わかっていたんだ、君がどんな目でフィンを見つめていたか！　僕には一度も見せたことがない顔をしていた。僕には、僕には一度も……！　だけど気が付かない振りをしていた。だって惨《みじ》めじゃないか！　婚約者の実の兄に取られたなんて！」

「……あ……あ……」

「血の繋がった兄に恋をするなんてバカげた話、信じたくなかった。きっといつかは目が覚めて、君が戻ってきてくれると思っていた！　いつまでも待つつもりだった。いつまでも、いつまでもいつまでもいつまでも……!!　なのに……なのにこんな仕打ち……！　二人して逃げるなんて、どこまで僕を愚弄《ぐろう》するつもりなんだ！」

大きな思い違いをしていたことに、アイリスはこの時になってようやく気が付いた。

スチュアートは、自分のためだったらなんでも我慢し、呑み込んでくれるのだと。あまりにも優しかったから、あまりにも誠実だったから、アイリスは大きな勘違いをしてしまった。結婚を延期《えんき》すると言うまでに、スチュアートがどれだけ苦しみ、悩み抜いたのか、これまで真剣に考えたことなどなかった。道ならぬ恋をしている自分が、この世で一番辛い思いをしていると思うなんて、とんだ自惚《うぬぼ》れだった。

「ごめんなさい、スチュアート……」

「うるさい！」

「きゃっ！」

それは、決して故意ではなかったのだろう。怒鳴《どな》った拍子に、スチュアートの手がアイリスの胸元をかすめ、服のボタンを弾き飛ばした。下着から覗《のぞ》く胸の膨《ふく》らみの上に赤い痕《あと》を見つけた時、スチュアートの顔色が変わった。

「……これ、は？」

「あっ……！」

咄嗟《とっさ》にそこを隠したアイリスの態度で、スチュアートにはその痕の意味がわかってしまった。

「嘘だろう？　君たちはそこまでの関係に？」

アイリスははだけてしまった胸元を押さえながら震えた。歯がカチカチと鳴り、恐怖で体に力が入らない。

「僕には許さなかったくせに、君はフィンには許したのか……!?」

唇を塞《ふさ》がれ、勢いのままソファーに押し倒される。

「んんっ……や、やめ……！」

スチュアートがすぐに唇を離したため、ほっとしたのも束《つか》の間、片手で口を塞がれ、もう片方の手でドレスの胸元を思い切り引き裂かれた。コルセットに包まれた白い胸がスチュアートの前で揺れる。

もがき暴れようとしても、スチュアートの力は想像以上に強くて振り払うことが出来ない。

「君はフィンからどんなことをされたんだ？　こうやって裸にされて、体中を触られたのか!?」

「んっ、んんっ……！　あ、助け……あっ！」

引き裂かれたドレスの生地をアイリスの両手首に巻くと、スチュアートはそれをソファーの肘《ひじ》掛《か》けに縛《しば》り付けた。

「もう、逃げられないね」

薄く微笑んだ唇がやけに赤く見え、アイリスの体は何かに取りつかれたように硬直して動かなくなった。

「やめ……やめて……」

「何を今更もったいぶってるんだい？　フィンに散々《さんざん》遊ばれた汚れた体なんだろう？　も

う、誰に何をされようが変わらないだろう？」

「お願い……やめ……」

震えて懇願《こんがん》するアイリスの言葉など聞こえていないかのように、スチュアートは乱暴にコルセットのリボンを引きちぎり、二つの膨らみを顕わにした。そしてそれを両手で強く揉みしだきながら、赤い先にしゃぶりついた。

「んあっ！　ああっ……い……やあっ」

「ここもフィンにこうされたのか？　されたんだよな？　そんないやらしい痕をつけてるぐらいなんだから……」

ちゅっと強く吸われ、もう片方の先も指で摘まれた時、フィンに開拓《かいたく》された体は条件反射のように、そこを硬く膨れ上がらせていた。

「あれ、こんなに強引なことをされても感じるんだ？　本当にフィンに調教されたんだね……」

「あ……やっ！　ああっ……！」

叫びながら、扉の方を見ても、誰かが訪れる気配はない。それもそうだろう。使用人たちには一人にしてくれと言ってしまったし、フィンも明け方になるまで部屋には近づかないことになっているのだから。

「王子様は助けにこないね」

「んっ……！」

痛いぐらい顎を摑まれ、強引に舌を割り込まれるとねっとりと舐《な》め回すようなキスをされた。今までスチュアートがくれたような優しさも柔らかさも気遣いも一切ない、獣のような口づけだった。

「んんっ……う……あ……」

「ほら、胸、もっと硬くなってきた。なんだ、君はフィンじゃなくてもいいんじゃないか。僕のキスでも感じるんじゃないか……」

慣らされた体はアイリスの意思など関係なく、敏感《びんかん》に反応してしまう。だけどそれは決して、フィン以外の誰かを受け入れている証拠ではなかった。

「いや……やめて……！　お願いだから……！」

「もう君の願いは聞かない。これまで散々聞いてきて、それでも裏切られたんだから」

「……！　あっ……！」

ドレスの裾《すそ》から入り込んできた指が下着の隙間《すきま》を縫《ぬ》って柔らかい部分を触る。

「あ……なんだ、濡れてるんじゃないか……ふっ……ははっ……」

スチュアートは小さく笑いながら、ドレスをたくし上げてそこに顔を埋めた。

「ああっ……やっ……あ……ん！」

拒みたくても両手は縛られ、腿《もも》はスチュアートによって強く摑まれている。なすすべもなく下着を下ろされると、そこに舌が当てられた。

「ひっ……あっん……ああっ……！」

「ここもフィンは触ったんだろう？　こうやって、じっくり味わって……君の甘い声を聞いたんだよね……」

舐めながら、スチュアートは割れた箇所で指を往復させ、そしてフィンですら入ったことのないところにそれを入れた。

「あっ……いたあっ……！」

悲鳴に吃驚したように、スチュアートの指が止まる。

「……どうして痛がるんだ。どうせ、ここだってフィンに何度も突かれたんだろう？」

泣きそうな顔で首を横に振るアイリスを見て、スチュアートは突き放されるように体を起こした。その顔には困惑《こんわく》の色が浮かんでいる。

「……どうしてフィンは、最後まで君を抱かなかったんだ」

逡巡《しゅんじゅん》しながらスチュアートは強く拳《こぶし》を握る。そしてしばらくの後、息を吐いた。

「ふ……ははっ、ははははっ！　君たちはどこまで僕をバカにすれば気が済むんだろうね！」

スチュアートは両手で顔を覆《おお》うと、狂ったように笑い始めた。

「君が僕の許に帰ってきた時、ここさえ傷ついていなければ僕が気が付かないとでも!?

ははは っ……あははははっ!!　ははっ……は……は……」

笑い声は最後は涙混じりのうめき声に変わり、スチュアートは崩《くず》れ落ちるようにアイリスの体に抱きついた。

「ここで僕が君を犯したら、君を一番最初に傷つけた男は僕になってしまうじゃないか。君とフィンが最後までしていれば、僕は遠慮《えんりよ》なく君を犯すことが出来たのに……!」

「スチュアート……」

「はっ……ふっ……は……笑えばいいさ……!　こんなことになってまで、まだ僕は君に嫌われることを恐れているんだから……!　ねえ、どうやったら君は僕の許に戻ってきてくれるんだい?　体だけじゃなく、君の心はどうやったら手に入るんだい?」

たまらず、アイリスの瞳からも涙《なみだ》が零れる。

「……っ……う……ひっく……ひっく……」

その問いに答えを出すことは出来ない。なぜなら、それはもう一生叶わぬ願いなのだから。

「……何をしてるの!!」

小さな悲鳴に、二人揃《そろ》って声のした方を向く。するとそこには真《ま》っ青《さお》な顔で、今にも倒れそうに扉で体を支えるシャーリーの姿があった。

シャーリーがどうしてここに?

アイリスは自分の置かれた立場も忘れ、目を丸くしてシャーリーを見た。

「あ……あ、あなたたち……。スチュアートは、何をしているの……!?」

くっと喉を鳴らし、スチュアートは起き上がった。そしてアイリスの方を見ぬまま駆け出すと、シャーリーを突き飛ばして部屋を出て行ってしまった。

「アイリス！」

よろめきながらシャーリーがソファーに近づき、自分の肩に掛けていたショールをアイリスの乱れた体の上に掛ける。手首を縛っていた布を解くと、シャーリーはアイリスを抱きしめた。

「どうしてこんなことになってるの……！」

「シャーリー、どうしてここに……？」

「あんな、理由もろくに書いてない、結婚の延期なんていう手紙をもらって、じっとしていられるわけないでしょう!?」

叱咤《しった》の声に、アイリスの瞳から一気に涙が溢れ出す。

「……うっ、ひっく、ありがとう……シャーリー……」

「アイリスをこんな目に遭《あ》わせて、ただじゃおかないわ」

「違うのシャーリー、私が悪かったの……！」

アイリスはフィンが実の兄であること、その兄を愛してしまったこと、駆け落ちを決意したこと、それをスチュアートに知られてしまったことを話した。そしてスチュアートは最後までは自分を傷つけていないことも。

「あのまま犯してしまうことも出来たのに、スチュアートはそれをしなかったの。こんな時でもスチュアートは私を愛してくれて……私はそれにどうしても応えてあげられなくて……」

顔を真っ赤にし、泣きじゃくりながら話をするアイリスの頭を、シャーリーがゆっくりと撫《な》でる。そしてクローゼットから、夏物の上着を持ってくるとアイリスに着せた。

「とにかく少し落ち着きましょう。スチュアートだって、今頃きっと頭を冷やしているところだわ」

「……そういえば、スチュアートはどこに行ったのかしら……」

ふと、アイリスが気が付く。

「あら、そういえば」

「まさか……！」

「あ……！」

シャーリーも同じことを思ったようだ。

アイリスの手を握《にぎ》って立たせると、ドレスの裾《すそ》をはしたなくも捲《まく》り上げ、慌てふためきながら部屋を出た。

◆　◆　◆

「剣を取れ、フィン」

目の前に転がる剣を見つめながら、フィンは切れて血の滲《にじ》む唇の端《はし》を拭《ぬぐ》った。

逃げる準備をしていたフィンの部屋へ、憤怒《ふんぬ》にわななくスチュアートがやってきたのは
ほんの数分前。彼はフィンの胸ぐらを掴み、何度も何度も頬を殴りつけた後、剣を投げた。

「これは正式な決闘の申し込みだ。僕はこの手で、愛する人を奪い去ろうとしている憎い
悪魔《あくま》を成敗してみせる」

憤然《ふんぜん》とするスチュアートとは対照的に、フィンは冷静に答えた。

「決闘には立会人が必要なはずです」

「私が立会人になるわ」

「え……?」

二人同時に振り返ると、きりっと眉《まゆ》を吊り上げて、アイリスの肩を抱くシャーリーの姿
がそこにあった。そしてその後ろには、騒ぎに駆け付けた使用人たちの姿も。

「シャーリー！　何を言ってるの!?」

シャーリーの申し出に驚愕《きょうがく》すると、アイリスは頭を振ってそれを止めた。だがシャーリ

ーの意思は固い。

「どちらがアイリスにふさわしいか、決着をつけなさいよ。私が見ていてあげる」

「シャーリー！」

泣いているアイリスを無視し、シャーリーが男二人に向かって指を突きつける。この際、淑女《しゅくじょ》の品格など構っていられない。

「但《ただ》し、殺すことは許さないわ。どちらかの体に傷がついたらそれで終わりよ。そして負けた方は潔《いさぎよ》くアイリスを諦める。いいわね？」

「……わかった、僕に異存はない」

スチュアートが鞘《さや》から剣を抜き、その切っ先をフィンの顔に向ける。

「抜け、フィン」

だが、フィンはそれに反応しない。スチュアートは苛立った様子で、片足で床を鳴らすと再びその名前を叫んだ。

「フィン！」

「……わかりました」

フィンは剣を拾い上げると、鞘から抜いてそれを構えた。

フィンとスチュアート。剣を構える二人の間に緊張が走る。ここまで来るとアイリスも、ことの行く末を黙って見守ることしか出来なかった。

「……はじめ！」

シャーリーの声で動いたのはスチュアートが先だった。タンッと音を立てて足を踏み込み、左下から斜め上に向かって剣を振り上げる。フィンは体を反らしてそれを避けた後、軽く屈《かが》んで左側に回り込んだ。

スチュアートの左は隙《すき》だらけだったが、フィンはなぜか踏み込むことはせず、その場で軽くスチュアートの刃に自分の刃を当てて剣を跳《は》ね返した。

「くっ……」

今度は右から左にスチュアートの切っ先が流れる。だけどそれもフィンの腕すれすれをかすめただけで、空振りに終わった。

フィンはスチュアートの空いた胸元に腰を低くして潜り込み、スチュアートの胸の辺りで剣を振った。どうみてもスチュアートの服を切り裂く距離だったが、スチュアートが後方に逃げたことにより、それは回避された。

見ているアイリスの手の平にじわりと汗が滲む。殺し合うことはないとしても、どちらかが大怪我を負わないとも限らない。

勝利を望むのはフィンの方だが、だからといってそれは、スチュアートの敗北を望むこととは違う。どちらも無事であって欲しいというのが、正直な気持ちだ。

激しい打ち合いは続き、どちらも引く様子はない。

「手を抜くなんて格好悪い」

冷酷にも聞こえるほど静かな声でシャーリーが呟き、はっとする。

「真剣勝負なのに、バカにしてるわ」

それがフィンに向けての言葉だと言うことがアイリスにもわかった。

動きのキレ、速さ、力強さ。どれを取っても、フィンの方が数段上で、本来なら一瞬で決まってしまうような勝負だ。それをフィンの方が手を抜き、互角《ごかく》の勝負に持って行こうとしているのは誰の目にも明らかだった。

フィンは、そしてスチュアートは、どうやって決着をつけるつもりなんだろう。

結末が見えず、不安で祈るように両手を握るアイリスの肩を、シャーリーが強く抱きしめる。

「……どういうつもりだ、フィン！」

剣を交えたまま、スチュアートがフィンを睨みつけた。

「どうして本気を出さない？」

フィンはそれには答えず、肩で息をしながら何度か大きく瞬《まばた》きをした。

「僕に同情しているのか？　それとも、僕が何をどうしてもアイリスの心を奪われることはないと優越《ゆうえつ》に浸《ひた》っているのか？　僕が必死になればなるほど、滑稽《こっけい》で憐《あわ》れだとでも思っているのか!?」

激昂《げっこう》した口調とは裏腹《うらはら》に、スチュアートの瞳には、先ほどとは違い、冷静な光が戻ってきているように見える。

「ここで僕が勝てば、僕は君を城から追い出すだろう。そしてこれまでの裏切りの償《つぐな》いとして、アイリスを手酷《てひど》く扱うだろう。それでもいいのか!?」

「……いいわけないだろう！」

飛んで来たスチュアートの剣を撥ね除け、フィンは目にも留まらぬ速さで体を横に滑らせると剣を振るった。

「くっ……！」

スチュアートの白い頬に一筋の傷が走り、そこから血が滲んだ。

――スチュアートの負けが決まった瞬間だった。

「そこまで！」

シャーリーが手を上げ、二人が剣を下ろす。

胸を上下に揺らして荒く呼吸をしながら、二人は無言のまま見つめ合った。

「……たとえ」

深く息を吐き出し、フィンが小さな声で、だけどはっきりとスチュアートに向かって言う。

「たとえ地獄の底に堕ちようとも、俺はアイリスを愛し続ける。誰にも渡さない」

　スチュアートは目を閉じ、しばらくの間思いを巡らせた。そして大きく目を開けると、言い切る。

「僕は、裏切り者の君たちを許さない。この罪は必ず償ってもらう」

　アイリスの唇から、絶望のため息が漏《も》れる。

「僕はもう、君たちの顔なんて二度と見たくない。だから、次期当主として君たち二人を城から追放する」

「え……」

　面食らうとアイリスはスチュアートを見た。フィンも同じく、呆《ほう》けたようにスチュアートを見ている。

「二度とこの城に立ち入ることは許さない。いいな?」

「スチュアート、あなた……」

　信じられない思いでスチュアートを見るアイリスを横目に、彼はシャーリーに向かって声を掛けた。

「シャーリー、君にもこの二人の追放に協力してもらいたい」

「ええ、もちろんよ!」

　微笑むと、シャーリーは扉の外にいる使用人たちに呼びかけた。

「いい?　あなたたち、ここで今見たことは他言《たごん》は無用《むよう》よ。もし一人でも口外《こうがい》する者がいたら……」

ちらりと、スチュアートの方を向いて意地悪そうに目を細める。

「この、怖い次期当主様が『手酷く』扱ってくれるはずよ」

さっき自分が言った言葉をそのまま言うシャーリーに、スチュアートは苦笑した。使用人たちは戸惑《とまど》いを隠せない様子でざわめいたが、誰一人その場から立ち去ろうとはしなかった。

「さあアイリス、ぐずぐずしていられないわ、まずは着替えをしなさい」

「え、ええ……」

まだ茫然としているアイリスの手を引き、部屋に戻ろうとして、シャーリーは思い出したかのように立ち止まり振り返った。

「忘れないうちに」

にこりと笑い、シャーリーは手を振り上げると、アイリスの頬を思い切り叩いた。

「きゃっ！」

「お、おい、シャーリー！　何をするんだ」

スチュアートはまるで自分が叩かれたような、痛そうな顔で二人を見ている。

「この我《わ》が儘《まま》娘にはこれぐらいしてもいいのよ。だって、アイリスがしていることは最低でしょう？」

快活《かいかつ》に笑うシャーリーに向かい、アイリスが叩かれて赤くなった頬を押さえて頭を下げる。

「ごめんなさい、シャーリー、私……」

「謝らないでよ。謝ったところで、今更《いまさら》何も変わらないわ。それよりもさっさと歩きなさい。夜が明ける前に、あなたたちを追放しないとならないんだから」

ざわめきの収まらない使用人たちをかき分け、シャーリーは勇ましくも見える足取りでアイリスを引っ張ると部屋を出て行った。

残された男二人は、しばらくの間お互いの靴の先に視線を落とし、黙り込んだ。フィンとしては感謝の気持ちを伝えたかったが、礼を言うことも、謝罪をすることも、この場にはふさわしくないような気がしていた。

「もしも、アイリスがこの先不幸になるようなことがあったら」

スチュアートの声に導かれるように、フィンが自然と顔を上げる。

彼は、とても穏やかで、そして同じぐらい淋《さび》しそうな顔で微笑んでいた。

「アイリスが不幸になるようなことがあったら、その時こそ君を殺すよ」

「……幸せにします。必ず」

「そうか」

その言葉を待っていたかのように短く答えると、スチュアートは背中を向けて部屋を出て行った。

「三十分後、エントランスに馬車をつける。遅れないように」

「かしこまりました」

まるで、主人の遠出の予定を聞く執事《しつじ》のように、フィンは深く頭を下げた。

◆　◆　◆

フィンとアイリスを乗せた馬車が、夜明けの方向に向かって走り出す。その中で揺られながら二人は、しっかりと手を握り合っていた。

「もうすぐ見えなくなりそう」

窓を覗《のぞ》いたアイリスが、どんどん小さくなる城を見つめる。

「淋しいか？」

「ええ、少し」

アイリスは正直に答えた。

十六年近く守ってくれた愛しい場所。慈《いつく》しみ、愛を注いでくれた優しい人々。駆けずり回った庭、大好きな作家の本が並んでいる図書室、スチュアートと初めて会った応接室、亡くなった母親の肖像画《しょうぞうが》が飾ってあった広間、シルヴィアとお茶を楽しんだティールーム、幼い日々をフィンと過ごした花園……。

　様々な風景が浮かんでは、涙となって頬を濡らす。

　フィンはアイリスの頭に顎をのせると、後ろからしっかりと抱きしめた。

「その淋しさ、これから俺が全部埋める」

「……ええ」

「全部埋まった後は、幸せを積み重ねていく。おまえが溺《おぼ》れるぐらい、嫌になるぐらい、愛し続けていく」

「ええ……ひっく……ええ……！」

　アイリスは子どものように何度も何度も頷くと、前に回された腕にしがみついた。

　何もかもを捨てて選んだこの道の先に、何があるのかはまだわからない。

　だけど、必ず幸せにならなければならない。

　それが、自分を慈しんでくれたものたちへの、最大の恩返しになるのだから。


　馬車を見送れる場所にあるバルコニーの手すりに寄りかかると、スチュアートは胸のポケットから何かを取り出した。それは、いつかシャーリーから押し付けられた、アイリス特製の赤いバラの花びらの栞《しおり》だった。

「それ、効果がなかったわね」

いつの間に横に立っていたのか、シャーリーがちゃかすように笑ってスチュアートの手からそれを取り上げた。

「行っちゃったわね」

「そうだね」

徐々《じょじょ》に白《しら》んでいく空を見つめ、二人は同時に息をついた。

「さっきのあなた、凄《すご》く情けなかったわ。あんな姿を見たら、あなたに憧れてた女の子は全員幻滅《げんめつ》ね」

歯に衣《きぬ》着せぬ物言いに、スチュアートは怒る気にもならなくて頷いた。

「そうだね」

「あなた、これからもてないかも」

「そうだね」

「もしかすると一生独身かもしれないわね。可哀想《かわいそう》に」

「ははっ……そうかもしれないね」

「だけど、決着の仕方はちょっとだけ格好よかったわ。惚《ほ》れ直したぐらい」

「ふっ、ははっ、ありがとう」

勇気を出して付け加えた言葉も、アイリス以外のことには朴念仁《ぼくねんじん》の彼には通じていない。

「ねえ、これもらってもいい？」

「え？」

突然話が変わり、スチュアートはきょとんと首を傾げる。するとシャーリーは、栞を指先で挟んでくるりと回してみせた。

「これ、私にくれる？」

「くれるも何も、元々は君がもらったものだろう？」

「ふふ、そうね、私の恋が叶《かな》うようにって、アイリスがくれたものだわ。だから私、頑張ってみる」

「？　何をだい？」

「まずは、一つの方向しか向いていない鈍感《どんかん》な人に、私のことを見てもらうことから始めないとね」

「何を言ってるんだい？」

「ねえ、この前、恋と愛の違いを話したのを憶えてる？」

再び話が変わり、スチュアートが目を丸くする。

「なんだい、突然」

「私、さっき見ていて少し思ったの。恋はしていなかったんじゃないかって」

「誰がだい？」

「恋じゃなく、執着だったんじゃないかしらって」

「シャーリー？　さっきからなんの話をしているんだい？」

「内緒よ」

誰にも内緒であたため続けてきた恋を、三年前に届いた親友の手紙で一瞬にして失ったと話しても、どうせ今の彼には理解出来ないだろう。

シャーリーは悪戯《いたずら》っぽく笑うと、栞の上の赤い花びらに、そっと口づけた。

第十三章　忘れられない一夜

　それから数週間は、シャーリーの姉の嫁《とつ》ぎ先が所有している別荘に身を寄せた。

　二人がいなくなったことで、伯爵《はくしゃく》夫妻は半狂乱《はんきょうらん》になって行方《ゆくえ》を捜《さが》したが、まさか娘の親友が加担しているなどとは夢にも思わなかったようで、そこまで手が回ることはなかった。

　スチュアートとシャーリー。この二人がその間にしたのはなんと、フィンの実の母親を見つけ出すことだった。

　彼女は伯爵の許を離れた後、異国に渡り、伯爵から受け取った金で小さな牧場を買い、新しい伴侶《はんりょ》を見つけ、慎《つつ》ましやかで幸せな生活を送っていた。突然やってきたフィンとアイリスの二人に、戸惑《とまど》いを見せたものの、彼女はすぐに二人を受け入れてくれた。

　以前より彼女の過去を聞かされていた夫はさして驚くこともなく、それどころか子どもがいない夫婦の間に、ようやく子どもが出来たと喜んだほどだった。

フィンの婚約者として紹介されたアイリスを見て、彼女は何か思うところがあったようだが、それ以上、深く追及することはなかった。

アイリスはといえば、フィンとよく似た母親に、一瞬にして親愛の気持ちが湧《わ》き、この先もずっと上手くやっていける自信を持った。

フィンの母は女性にしては長身で、だけど線が細く華奢《きゃしゃ》な体をしていた。細面《ほそおもて》の白い顔には、派手ではないが整《ととの》ったパーツが並んでいて、フィンを女性にしたらこうなるのだろうと、アイリスは想像して楽しくなった。

そして――。

彼女の髪もやはり、美しいプラチナブロンドだった。


新しい土地で暮らし始めてから数ヶ月間は、瞬《またた》く間に時間が過ぎていった。

母親が貸してくれた離れは物置きとして使われていて、まずはそこで生活が出来るよう、身の回りのものを揃《そろ》えていくのが一苦労だった。また、異国では風習も食生活も違い、温室育ちで苦労を知らないアイリスはもちろんのこと、寮生活と士官学校で鍛《きた》えられたと思っていたフィンですら、時折疲労《ひろう》で体調を崩《くず》すほどだった。

身辺《しんぺん》が落ち着き、ゆっくりと二人の時間を持てるようになったのは、小雪《こゆき》がちらつく白い季節——アイリスの誕生日を目前に控《ひか》えた頃だった。

小さな暖炉《だんろ》では部屋を十分にあたためることは出来なくて、二人はベッドに潜《もぐ》るとぴたりと体を寄せ合っていた。

「寒くないか？」

「大丈夫。フィンの体があたたかいから……」

うっとりと、自分の胸に寄せるアイリスの頬《ほお》を包み、フィンは口づけを交わした。

「あ……は……フィン……」

軽い抱擁《ほうよう》や挨拶《あいさつ》代わりのキス程度のことはしていたが、こうやってお互いの体温を確かめるような、熱いキスをするのは久しぶりだ。

舌の先をチロチロと合わせて遊ぶように動かし、頬の内側を舐《な》め合えば、もう止めることは出来ない。自制の利かない野獣《やじゅう》のように乱暴に服を脱がせ合い、手と手、脚と脚を絡める。

体は熱くなり、どんどん鼓動《こどう》は速くなる。

アイリスの体はまだ触られていない場所までも熱く疼《うず》き、フィンからの愛撫《あいぶ》を今か今かと待っていた。なのにフィンの指はさっきから背中や肩のラインをなぞるだけで、触って欲しい場所には辿《たど》り着いてくれない。

「ん……意地悪《いじわる》、してるの？」

「え……？」

「じらして、意地悪してるの？」

「……ふっ」

耳元に落とされた笑い声まで熱くて、それがさらにもどかしくて、アイリスは体を擂《す》り寄せた。

「そうだな、じらしているんだ」

くすくすと小さく笑いながら、フィンは啄《ついば》むようなキスをアイリスの頬に落とす。

「え……！　本当にじらしていたの？」

「すぐに先に進むのがもったいなくてな。もっとじっくり、おまえを味わいたい」

「じっくりって、どれくらい？」

拗《す》ねたように唇《くちびる》を尖《とが》らせるアイリスが可愛くて、フィンはその先にちゅっと軽く口づけた。

「そんなに待てないのか？」

「フィンは待てるの？」

「そうだな……」

もう一度軽く口づけて、フィンは薄く笑った。

「やっぱり、待てないな」

大きな手が膨《ふく》らみを持ち上げ、軽く揉みしだいた後、尖った先の部分をきゅうっと摘まむ。待ち焦《こ》がれていた刺激に、アイリスの体の奥がぎゅっと締まった。

「あっ……んっ……」

悦《よろこ》びに震え、遠慮《えんりよ》のない声を上げると、それに呼応《こおう》するようにフィンの指使いも滑《なめ》らかになる。親指と中指でそれを軽く引っ張り、人差し指で先を弄《いじ》られ、アイリスは背中を反らすと腰を上下に揺らした。

「あっ……ふあっ……はあ……」

「随分といい反応をしてくれるんだな」

「だって、こうやって触ってもらうのは久しぶりなのよ？」

「ずっと触って欲しかったのか？」

「ええ、ずっと……」

本当は抱擁や軽いキスだけじゃ物足りないこともあった。直接肌と肌を合わせ、熱を交換したくて体が疼《うず》く夜もあった。きっとそれはアイリスだけじゃなく、フィンも同じだったと信じている。

「フィンはどうだった？　私に触れたくなかった？」

返ってきたのは、アイリスが望んだ通りの優しい声だった。

「俺だってずっとおまえに触れたかったさ。触れるだけじゃなくて、こうやって……ん……」

下りてきた唇がアイリスの胸の先を吸い上げる。

「こうやって……体中にキスしたかった……」

指よりも強い刺激に、アイリスは口を半開きにすると淫《みだ》らに嬌声《きょうせい》を上げる。

「あっ……はあ……んっ……」

「気持ちよさそうな声だ」

「だって、気持ちいいもの……」

「素直だな」

ご褒美《ほうび》とばかりに、もう片方の胸も持ち上げられる。ゆっくり、ゆっくりと、手の平全体を使って揉《も》み、左右から軽く押し潰《つぶ》すように握った後、ぱっと離す。フィンは遊んでいるように、それを何度も繰り返した。それから胸に顔を埋めると、両側から持ち上げて作った谷間の間を舐めた。

「んっ……ふふっ……くすぐったい」

「柔らかくて、あたたかいな」

「フィンの舌もあたたかいわ……」

フィンは今度は胸の先をぱくりと口に含むと、舌を丸く動かしてそこを舐めた。胸と唇の隙間《すきま》からフィンの唾液が零《こぼ》れ落ち、アイリスの肌を濡《ぬ》らす。その感触すら愛しくて、アイリスはそれを追いかけるように指先で自分の肌を撫《な》でた。

「下はどうなってる？」

確かめなくても、たっぷりと潤《うるお》っていることはわかったけど、アイリスは恥ずかしくて小さく首を横に振った。それに、きっとすぐにフィンが触って確かめてくれるはずだった。

それなのにフィンはそこに触れることはせず、意地悪く唇を歪《ゆが》めた。

「見せてみろ」

「え……」

「おまえのここがどうなってるか、自分で俺に見せてみろ」

内腿《うちもも》の、限りなくそこに近い場所を撫でながらフィンが薄く笑う。早く触って欲しくて、アイリスの奥からはねだるようにじわりとあたたかな蜜《みつ》が溢《あふ》れた。

「意地悪しないで触って……？」

「だったら、俺に見せてみろ」

「いやよ……そんなこと、恥ずかしくて出来ない」

「今更、俺に恥ずかしいことがあるのか？」

「それは、たくさんあるわよ」

大好きなフィンにだって見せたくないところはいっぱいある。

そんなこと、言わなくてもわかってくれているくせに、フィンは意地悪な表情を崩さなかった。

「だけど、俺は見たい」

「自分で見てくれないの？」

「おまえが俺に見せてるところが見たい」

アイリスは小さく膨れると、フィンの頬をむにっと摘まんだ。

「絶対に、嫌」

それでもフィンは譲《ゆず》ろうとはせず、笑いながらアイリスの手を振り払ってそのまま今度は自分がアイリスの頬を軽くつねった。

「ここでやめてもいいのか？」

「……それも、いや」

「じゃあ、見せてみるんだ」

「前から思ってたけど、フィンってとても意地悪だわ」

フィンの手を払い、今度は両手で頬をつねる。フィンはそれも笑いながらかわし、唇が触れる程近くまで顔を近づけた。

「それでも、俺のことを嫌いにはなれないだろう？」

「もう……その自信はどこからくるのよ」

「だけど本当のことだ」

悔しいけれど、フィンの言う通り、それは本当のことだ。どうせアイリスはフィンにどんな意地悪をされても、結局は嫌いになんてなれないのだ。

アイリスは観念し、もじもじしながら体を起こすと、枕を背もたれにして脚を僅《わず》かに広げた。だが、そのぐらいでは腿《もも》の隙間に隠れて、フィンからは見ることが出来ない。

「もっと広げて」

「……このぐらい？」

少し、脚を広げる。

「もっと」

「……こう？」

さらに、もう少し。

「もっとだ」

「……」

躊躇《ためら》いがちに言われるがままに脚を開いていく。丁度《ちょうど》、アルファベットのMの字になるぐらい大きく広がると、フィンはその間に顔を埋め、内腿を舐めた。緊張からか、それとも寒さからか、アイリスの体は微かに震えていた。

「綺麗だ」

「だけど、恥ずかしい……」

「恥ずかしがる顔も可愛い」

それはお世辞ではなかった。

真っ赤になった頬に手を当て、細い体を震わせているアイリスは、生まれたばかりの小鳥のように愛らしい。フィンは今すぐにでも全てを埋めてしまいたい衝動を抑え、薄い桃色のそこに唇をつけた。

「んっ、あっ……！」

だけど快感は一瞬だけで、フィンはすぐに唇を離してしまった。

「俺が舐めやすいように、指で広げろ」

さらに辱《はずかし》めるような注文に、さすがに首を横に振る。

「どうしてそんなこと……」

「おまえの色々な顔を見たいからだ。怒った顔、拗ねた顔、恥じらう顔、それから感じる顔。今日は、おまえの全ての表情を見たい」

大好きな人からそんな理由を述べられては、断ることは出来ない。アイリスはそこに手を伸ばすと、指を使って広げてみせた。

「……あまり、見ないでね」

泣きそうな顔のアイリスを見上げながら、フィンは唇の端を上げる。

「見なければ、舐めることも出来ない」

「だけど……あっ、はあっ……んっ!!」

舌を使って前にある硬い場所を剝《む》き出しにされ、いつものように丁寧《ていねい》にじっくりと弄られる。すっかり熟《じゅく》し切ったアイリスの体はガクガクと上下に激しく揺れ、瞳からは快感による熱い涙《なみだ》が零れた。

「あ……凄い……あっ、ひあ……!」

「今日はたくさん濡らさないとな……」

舐めながら、フィンは指を割れた場所に滑らせた。そして溢れる蜜を指に塗りつけると、ゆっくりと中にそれを入れた。

「いっ……!」

体を引き裂くような痛みに、アイリスが小さく悲鳴を上げる。

「痛いか?」

「少し……」

「だけど我慢してくれ。今日は、おまえの全てをもらうと決めているんだ」

まだ何も知らないアイリスの中に指が入ってきて、内壁を沿うようにぐるりと回された。焼けるような痛みを、枕を強く摑むことによって我慢する。アイリスは、フィンが言った『今日は全てをもらう』という言葉があれば、こんな痛みぐらいなんてことはないと自分に言い聞かせた。

「ゆっくりするから」

涙の浮かんだ目でそっと見ると、指はまだ半分も中に入っていないようだ。

「もっと奥に入れるぞ?」

アイリスの反応を見ながら、フィンはさらに奥まで指を入れてきた。

「ここが一番奥だな。……わかるか?」

正直なことを言うと、痛みの感覚が一番大きくて、フィンの繊細《せんさい》な指の動きまではわからない。ただ、なんとなく奥の方に異物感があるというだけだ。首を傾げるアイリスにフィンは苦笑すると、その場所で指を上下に動かし始めた。

「んっ……」

我慢出来ないほどの痛みではなかったけど、それでも無痛ではなくてアイリスは唇を噛む。フィンは自分のものを入れた時の準備として、そこをほぐすように指を動かしている。

「もっと濡れないと辛いな」

指を入れたまま、フィンが前の部分を舐めた。

「あっ……! あんっ! んんっ、あっ……!」

フィンによって散々開拓《さんざんかいたく》されたその場所は、痛みよりもはるかに大きな快感を生んだ。

「よかった。中もちゃんと濡れてきた……」

指の動きが滑らかになり、アイリスの中もそれを受け入れるために徐々《じょじょ》に柔らかく広がっていく。

「そろそろ……大丈夫か……」

フィンは指を抜くと、アイリスの上に重なって自分のいきり立つものを軽く持った。

「これをおまえの中に入れるぞ？　……いいな？」

ずっと願っていたことだったはずなのに、いざとなると少し怖くなる。コクンと小さく喉を鳴らしたアイリスに、フィンは軽く口づけをすると抱きしめた。

ぬるりと、硬いものがアイリスの表面を往復して撫でる。

「おまえの全てを俺にくれ。……お願いだ」

覚悟を決めると、アイリスは頷き、フィンの背中に抱きついた。

熱い杭《くい》が、アイリスの中に割って入ってくる。

「あっ……いっ……ああっ……！」

想像していた以上の痛みに、アイリスは思わずフィンの背中に爪を立てていた。

「あ……ごめ……ごめんなさい……」

「いい、それでおまえの痛みが紛《まぎ》れるのなら、いくらでも……」

さらに半分ぐらいまでそれが入ってくる。内側からの圧迫感《あっぱくかん》が苦しくて、上手《うま》く息が出来ない。

「んっ、あっ……いっ……ひあっ！」

アイリスの爪が背中の皮を破り、細く傷を作る。それでもフィンは中に進むのをやめなかった。

「もう少しで……全部入る」

「んんっ……く……あ……！」

「……全部入ったな」

中が痛くて重くて苦しくて、息を漏らす。だけど、しっかりとフィンの熱が伝わってくることが心から嬉しくてアイリスは涙を零した。

「痛いのか？」

「痛いわ。だけど、とても幸せなの……」

「……俺も、幸せだ」

しばらくの間、強く抱きしめ合い、お互いの体温を交換する。アイリスの熱はフィンのものになり、フィンの熱はアイリスのものになる。

「動くぞ？」

頷《うなず》くと、フィンはゆっくりと腰を動かし始めた。

「あっ……いっ……ああっ……！」

内側を擦《こす》られる痛みは、指の時より数倍強い。太い杭を打ち込まれ、そこから頭の天辺《てっぺん》まで裂けてしまいそうだ。

「あっ……いっ、いた……あっ、い……！」

「すまない。ここで止めることは出来ない。やっと……やっと手に入れたんだ。最後まで、したい……」

「んっ……やめないで。私も、最後まで欲しい……」

くちゅくちゅと、淫らな音を立てながら、フィンの熱い塊《かたまり》がアイリスの中を出入りする。痛みは徐々に麻痺《まひ》していき、『ここにフィンのものが入っている』という感覚だけがアイリスの中に残った。

「は、あ……アイリス。ずっと、ずっとこうしたかった。おまえの中に入りたかった……」

いつしかフィンも夢中になり、熱に浮かされたようにアイリスの名前を呼びながら、激しく自分のものを奥に打ちつけ始めた。衝撃に体が上にずれていってしまうアイリスを引き寄せ、さらに奥までそれを入れる。

「ずっと抱きたくて……おまえとこうしたくて、おまえが……愛しくて……」

フィンの額から熱い汗が零れ、アイリスの肌を濡らす。いつになく余裕のない吐息《といき》、快感に喘ぐ声、アイリスの手を掴む指。一つ残らず全てが愛しい。

「ダメ、だな……」

自嘲《じちょう》する声が唇から零れる。

「もっと丁寧にするつもりだったのに、我慢がならない……」

「……ん……いいの、フィンの好きに動いて……。それが、私も嬉しいから……」

　いじらしいアイリスの言葉に反応し、フィンのものがさらに硬さを増す。フィンは自分の熱の全てをアイリスにぶつけるように、がむしゃらになって奥を突いた。

「あ、フィン……あっあっ、んっ、くっ……あは……！」

「中に出してもいいか……？　おまえの中に、俺のものを全て出してもいいか？」

「あ……たくさんちょうだい……いっぱい、いっぱい、出して欲しい……！」

　フィンの動きに余裕がなくなり、血管がドクンドクンと波打ち始める。下から突き上げられる衝動に、アイリスの意識は朦朧《もうろう》とし、もう何がなんだかわからなくなるほどに乱れていた。

「いくぞ……アイリス……。おまえの中に、出すぞ……」

「あ……あ……ああっ……」

「はあ……はあ……う……くっ……！」

　最後に強く打ちつけると、フィンの先から放たれた熱い雫《しずく》がアイリスの奥のさらに奥にまで広がった。今まで味わったことのない、なんとも言えない不思議な感触《かんしょく》。だけど体は確実に悦び、精の全てを出し尽くすまで動き続けるフィンのものをきゅうきゅうに締め付けていた。

全てを出し切った後もまだ、フィンはそれを抜かずに、中の熱を楽しんでいた。そして汗ではりついたアイリスの髪をかき上げると、優しく囁《ささや》いた。

「初めては痛いだけで気持ちよくなかっただろう?」

アイリスははにかむと、微かに首を横に振った。

「痛かったけど、気持ちよかったわ。フィンのものが熱くて、その熱が気持ちよかったの」

「そうか……」

答えは短かったけど、フィンは嬉しそうに息を漏らすとアイリスの額に軽く唇を寄せた。

「おまえが中でもいけるように、これからじっくりと開拓してやる」

「……お手柔らかにね」

「その保証は出来ないな」

「え、そんなに激しくするの?」

不安と期待の入り混じった瞳で見るアイリスを、フィンはもう一度抱きしめると、伸ばした手で背中をくすぐった。

「きゃっ! やんっ! ふふふっ、くすぐったい!」

「痛くはしないようにするが、激しくはする。覚悟しておけ?」

「んっ、わかったからやめて……ふふっ!」

アイリスが身を捩《よじ》らせた拍子に、フィンのものがそこから抜けた。

すると、フィンの雫とアイリスの蜜、それからアイリスが初めてである証拠の、赤い色が流れ出してシーツを染めた。

それを見てアイリスは、自分が本当にフィンのものになったのだと実感すると、喜びの涙を一粒流した。

エピローグ　ずっと一緒に

扉《とびら》の外から、子どもたちの賑《にぎ》やかな声が聞こえる。

「おかーさま、おかーさま！」

「ちょっと待ってて、すぐに行くわ」

アイリスはお皿を洗っていた手を止めると玄関扉を開けた。そこには、金色の髪の兄妹が、後ろで手を組んで、意味深な笑顔を見せながら立っていた。

ミシェルとマリー。双子の兄妹。

二人とも、アイリスの大切な子どもだ。

村でも評判の器量《きりょう》よしの二人は、周囲からあたたかく見守られながら、心身共に健《すこ》やかに成長している。

「どうしたの？」

をくすぐった。

「えへへ、じゃーん！」

二人が差し出したのは白くて小さな花束だった。受け取った瞬間、爽《さわ》やかな香りが鼻孔《びこう》
「まあ、これはカモミールね！」

「お母様、好きでしょ？　二人で摘んできたのよ！」

「これからおばあ様にも届けに行くんだ！」

「ええ、きっとおばあ様も喜ぶわよ」

「うん！」

二人は嬉しそうに、にっこりと笑うと走り出した。

「転ばないようにね」

「平気よ！　きゃっ！」

言っている側からマリーが躓《つまず》き、ミシェルがそれを抱き起こす。

「ほら、ちゃんと摑《つか》まって」

「はい、お兄様」

マリーの小さな手を握るミシェルの姿は、幼《おさな》い頃のフィンそのものだ。

プラチナブロンドの髪、細面《ほそおもて》の顔、切れ長の青い目。唯一《ゆいいつ》違うところと言えば、その瞳にには一切の陰《かげ》りはなく、どこまでも明るく輝《かがや》いていることだろうか。

一方のマリーはアイリスにそっくりで、フィン曰く、はにかんだ時の仕草が特に似ているということだった。

二人が無事、義母の家の庭に入って行くのを見届けた後、アイリスは家の中に戻るとお皿洗いの続きを始めた。今日は、先日義母から教えてもらったばかりの、ハーブの入ったチキンのパイを作るつもりだ。

フィンとアイリスがこの地に移り住んできてから五年——。

二人は義母の家の裏に新しく家を建て、そこで生活を始めた。二人の間に生まれた双子の兄妹は、もうすぐ四歳になる。フィンは教師となり近所の小学校で教鞭《きょうべん》を取り、アイリスは家で家事をしながら、時々義母の牧場の手伝いをしていた。

光り輝く白い城も、上質な絹で出来たドレスも、コックが作った食事も、ここにはない。ただ平凡で、穏やかな時間だけがある。

「ただいま」

「あ……おかえりなさい！」

愛しい人の声に、アイリスは大急ぎで再び玄関へと走った。

「おかえりなさい、フィン」

「ただいま」

抱きしめ合い、淡《あわ》く唇を重ねる。挨拶《あいさつ》の時には必ずキスをするというのは、何年経っても変わらない、二人の習慣だ。

「お疲れ様でした。お茶を淹《い》れるわね」

鞄《かばん》と上着を受け取り、寝室に置いてくると、アイリスはいそいそとお茶の準備を始めた。お湯を沸《わ》かしてカップをあたため、瓶《びん》から紅茶の葉をスプーンですくってティーポットに入れる。五年前、ろくにお湯も沸かせずに、おろおろしていたアイリスからは考えられないぐらいの手際のよさだった。

「おいしい」

「ああ、うまいな」

円卓に仲良く並んで座り、甘いお菓子を食べながらお茶を飲む。

ささやかでありながら、二人の至福《しふく》の時だ。

「そうだ、さっき母上から手紙を預《あず》かってきた。おまえ宛《あ》てだ」

「私宛て?」

手紙なんて、ここに住み始めてからもらったことは一度もない。仲良くなった人たちはほとんど近所に住んでいて、手紙のやり取りをする必要なんてないからだ。

フィンから渡された上品な淡いピンク色をした封筒は、いかにも女性からのもので、心当たりのないアイリスはますます不思議そうに首をひねった。

「誰からかしら」

「裏を見てみろ」

封筒をひっくり返すと、そこには見たことのある柔らかい文字で、『シャーリー・スタンリー』と書いてあった。

「え！　シャーリー？　スタンリー⁇」

思いもよらなかった送り主に、慌てふためきアイリスは封筒を開けた。

『親愛なるアイリスへ』

先日、スチュアートと無事に結婚式を挙げたこと、伯爵《はくしゃく》夫妻はまだ元気で、今から孫の誕生を楽しみにしていることの報告から始まり、アイリス命だったスチュアートを振り向かせるのがどれだけ大変だったかという愚痴《ぐち》や、アイリスがいなくなって遠慮《えんりょ》なくスチュアートに言い寄ることが出来たことなどが、皮肉を交えてシャーリーらしく、面白おかしく書いてある。

『新婚旅行で、そちらの国に行きます。二人の家にも遊びに行くので、待っていて下さい』

封筒の中にまだ、何かカードのようなものが入っていることに気が付き取り出す。

「これ……」

それはいつかアイリスが贈った、バラの花びらで作った栞《しおり》だった。

『効果がありました。ありがとう』

栞にはペンで、そう書き添《そ》えられている。

「いい友達を持ったな」

「ええ、本当に……」

零《こぼ》れた涙《なみだ》がバラの上に落ちると、心なしかその色が鮮やかになったように見えた。

「おとーさまー！　おかーさまー！　これ、見て、見てー！」

扉の外から聞こえる幼い笑い声に、二人は顔を見合わせて微笑むと立ち上がった。

今でも時々、自分たちが選んだ道が正しかったのかわからなくなることもある。それでも、二人の幸せはまだ始まったばかり。今ここにある幸せを信じて、手を取り合って生きて行こう。

――ずっと一緒にいよう。

幼い日に交わした、あの約束を胸に抱いて。

あとがき

はじめまして、小鳥遊《たかなし》ひよです。いつもは「ひよ」という名前でゲームやドラマCDの台本を書く仕事をしています。今回、初めて小説を書くことになり、かなり緊張したのですが、編集の方から色々教えて頂き、なんとか書き上げることが出来ました。小説を書くのって、思った以上に難しい！　でも本当に勉強になりましたし、何より楽しかったです。

これまで、ゲーム派生のショートストーリーだったら書いたことがあったのですが、小説って本当に別物ですね。ゲームと違ってルートもエンディングも一つしかないというのがまずは大きな違いですし、背景も人物の表情も目で見ることは出来ないし、なにより音声が入りません。つい、ゲームやドラマCDの感覚でテキストを書いてしまい、ご指摘頂くこともしばしばでした。うーん、文章って奥が深い。

いちいちこの場合はどうしたらいいか、こういう展開はやっていいのか等、質問攻めにあわせて、担当の方はさぞかし大変だったと思います。ありがとうございました。

あと、小鳥遊というペンネームは、編集さんと相談して決めました。ひよという名前との収まりがよく、なかなか気に入っています。

名前と言えばタイトルですが、今作は編集の方につけて頂きました。ネーミングセンスのない私なので、タイトルをつけてくれる人がいるって素敵。

作中でアイリスはバラの花びらをポプリにしたり、ハンカチに刺繍をしたりと乙女らしいことをしていますが、私はかなり不器用で大雑把なので、ポプリを作ればカビさせてしまうし、刺繍をすれば何の絵なのかわからないようなものが出来上がります。折角買った高い食器も、下ろしたその日に割ってしまったなんてことは日常茶飯事です。ゆったり、のんびり、女の子らしい趣味に囲まれた暮らしへの憧れは強いのですが、性格的に向いていないようです。

猫二匹との生活も、最初はのんびり猫ライフを想像していたんですが、かまってちゃん1号2号とあだ名をつけたくなるぐらい、ご主人にちょっかいを出してくる子たちなので、仕事の邪魔をされないように闘いの日々です。猫について語り出すと長くなるので、この話はこの辺りで……。

最後になりましたが、あとがきを含めて、ここまで読んで下さってありがとうございました。次回またお目に掛かれることを祈っています！

罪恋《つみこい》

ティアラ文庫をお買いあげいただき、ありがとうございます。
この作品を読んでのご意見・ご感想をお待ちしております。

✦ファンレターの宛先✦
〒102-0072　東京都千代田区飯田橋3-3-1
プランタン出版　ティアラ文庫編集部気付
小鳥遊ひよ先生係／笠井あゆみ先生係

ティアラ文庫WEBサイト
http://www.tiarabunko.jp/

著者――小鳥遊ひよ（たかなし ひよ）
挿絵――笠井あゆみ（かさい あゆみ）
発行――プランタン出版
発売――フランス書院
〒102-0072　東京都千代田区飯田橋3-3-1
電話（営業）03-5226-5744
（編集）03-5226-5742
印刷――誠宏印刷
製本――若林製本工場

ISBN978-4-8296-6606-7 C0193

原稿大募集

ティアラ文庫では、乙女のためのエンターテイメント小説を募集しております。
優秀な作品は当社より文庫として刊行いたします。
また、将来性のある方には編集者が担当につき、デビューまでご指導します。

募集作品

H描写のある乙女向けのオリジナル小説（二次創作は不可）。
商業誌未発表であれば同人誌・インターネット等で発表済みの作品でも結構です。

応募資格

年齢・性別は問いません。アマチュアの方はもちろん、
他誌掲載経験者やシナリオ経験者などプロも歓迎。
（応募の秘密は厳守いたします）

応募規定

☆枚数は400字詰め原稿用紙換算200枚〜400枚
☆タイトル・氏名（ペンネーム）・郵便番号・住所・年齢・職業・電話番号・
　メールアドレスを明記した別紙を添付してください。
　また他の商業メディアで小説・シナリオ等の経験がある方は、
　手がけた作品を明記してください。
☆400〜800字程度のあらすじを書いた別紙を添付してください。
☆必ず印刷したものをお送りください。
　CD-Rなどデータのみの投稿はお断りいたします。

注意事項

☆原稿は返却いたしません。あらかじめご了承ください。
☆応募方法は郵送に限ります。
☆採用された方のみ担当者よりご連絡いたします。

原稿送り先

〒102-0072　東京都千代田区飯田橋3-3-1
プランタン出版「ティアラ文庫・作品募集」係

お問い合わせ先

03-5226-5742　　プランタン出版編集部